Knaur.

Knaur.

Über die Autorin:

Anchee Min wurde 1957 in Shanghai geboren und ist mit den Lehren Maos aufgewachsen. Mit 17 Jahren wurde sie in ein Arbeitslager geschickt, wo sie nach Jahren von einem Talentsucher entdeckt und in Madame Maos Filmstudio in Shanghai zur Schauspielerin ausgebildet wurde. 1984 ging sie in die USA und studierte am Art Institute of Chicago. Anchee Min lebt mit ihrem Ehemann und ihrer Tochter in Kalifornien.

Anchee Min

Wilder Ingwer

Roman

Aus dem Amerikanischen
von Helga Augustin

Knaur Taschenbuch Verlag

Die amerikanische Originalausgabe erschien 2002 unter dem Titel
»Wild Ginger« bei Houghton Mifflin Company, New York.

Besuchen Sie uns im Internet:
www.knaur.de

Vollständige Taschenbuchausgabe 2004
Knaur Taschenbuch. Ein Unternehmen der Droemerschen Verlagsanstalt
Th. Knaur Nachf. GmbH & Co. KG, München

Redaktion: Birgit Schmitz
Umschlaggestaltung: ZERO Werbeagentur, München
Satz: Ventura Publisher im Verlag
Druck und Bindung: Nørhaven Paperback, A/S
Printed in Denmark
ISBN 3-426-62364-1

2 4 5 3 1

Für eine gewisse Zeit unseres Lebens sind wir jung.
Den Rest verbringen wir in Erinnerung daran.
Aus dem Tagebuch eines ehemaligen Rotgardisten

1

Wenn ich an sie zurückdenke, sehe ich die fremdartige Farbe ihrer Augen vor mir, gelbe Pupillen mit einem Hauch Grün – wie die einer Wildkatze. Sie stand in der Tür des Klassenzimmers, das Gesicht im Schatten. Die aufgehende Sonne in ihrem Rücken, einer großen roten Laterne gleich, ergoss plötzlich ihr Licht über sie. Ein Strahl brach sich im gegenüberliegenden Fenster und schien in ihre Augen. Und dort, in diesen Augen, sah ich Wasser in Bewegung, der Grund des Weihers hell erleuchtet vom Licht. Seegras, das sich anmutig wiegte wie Tänzerinnen in langärmligen Kleidern aus uralter Zeit.

Mein erster Gedanke war: Sie ist keine Chinesin. Dann sofort: Nein, das kann nicht sein, das Sonnenlicht spielt mir einen Streich. Sie war wie ich, ein Mädchen mit dicken kurzen Zöpfen hinter den Ohren. Sie trug eine blaue Mao-Jacke. In der rechten Hand hielt sie ein Rechenbrett. Aus den alten Armeeschuhen lugten ihre großen Zehen hervor. Sie hatte keine Rotgardisten-Binde am linken Arm. Ich erinnere mich noch an die Angst, die ich in dem Moment verspürte. Denn das verband uns – ein Zeichen politischer Unzuverlässigkeit. Ich dachte an die Führerin der Roten Garde, Scharfer Pfeffer, ein brutales Mädchen. Sie würde die Neue sofort als Reaktionärin einstufen.

Ich erinnere mich, dass die Neue mir Leid tat. So wie auch ich mir selbst Leid tat. Mir wurde die Mitgliedschaft in der Roten Garde verweigert, weil ich nicht aus einer Familie stammte, die seit drei Generationen aus einfachen Arbeitern bestand. Meine Eltern und Großeltern waren Lehrer. Dass wir genauso arm waren wie Arbeiter, spielte keine Rolle. Wir wohnten in einer umgebauten Garage in Shanghai, zu acht in einem Raum.

Scharfer Pfeffer glaubte an Gewalt. Prügel gehörten zu ihrem Handwerkszeug. Sie müsse das »dreckige bourgeoise Blut« aus mir »herausprügeln«, sagte sie und wurde von den Behörden und der Gesellschaft darin bestärkt. Bei Menschen meiner Kategorie, so hieß es, lag »reaktionärer Staub« auf den Gedanken. Und Mao lehrte, dass »der Staub erst verschwindet, wenn er hinausgekehrt wird«. Scharfer Pfeffer bezeichnete sich als »revolutionären Besen«.

Scharfer Pfeffer hatte Mäuseaugen und einen Otter-Körper. Ohne Hals. Ihr Pony war so lang, dass ihre Augen aussahen wie hinter Gittern. Sie trug eine Binde der Roten Garde und eine große grüne Militäruniform. Auf ihre Uniform war sie sehr stolz, denn sie hatte vier Taschen. Taschen waren Rangabzeichen – je mehr Taschen, desto höher der Rang. Die Uniform war von ihrem Onkel, der in der Volksbefreiungsarmee gedient hatte. Scharfer Pfeffer hatte auch zwei Mao-Buttons aus Keramik anstecken, handtellergroß auf der rechten und linken Brust. Sie waren pfirsichfarben wie der Morgenhimmel, mit einem winzigen Mao-Kopf in der Mitte. Aus der Ferne sahen sie aus wie zwei Brüste mit Mao-Köpfen als Brustwarzen.

Jeden Morgen führte Scharfer Pfeffer eine Gruppe an, die das Schultor blockierte. Ihre Aufgabe war es, jedermanns Loyalität gegenüber dem Vorsitzenden Mao zu testen. Die Schule verlangte von allen, »den dreiteiligen Schatz« mitzubringen: einen Mao-Button, das Kleine Rote Buch (Mao-Zitate) und, wenn man zur Roten Garde gehörte, die Armbinde. Die, die etwas vergessen hatten, mussten sich in einer Reihe aufstellen und warten, bis die Schulglocke läutete. Manchmal pickte Scharfer Pfeffer sich willkürlich jemanden heraus und fragte Mao-Zitate ab. Sie nannte eine Seitenzahl und erwartete, dass das Zitat auswendig vorgetragen wurde. Bei einem Fehler entschied Scharfer Pfeffer über die Art der Strafe. Entweder musste die Person sich ans Tor stellen und das Zitat hundertmal laut vorlesen, bis sie es auswendig konnte, oder eine Woche lang die Schultoiletten putzen.

Jeden Morgen, wenn ich mich dem Schultor näherte und die Silhouette von Scharfer Pfeffer sah, begann mein Herz heftig zu schlagen. Meine Finger wurden kalt und mein Atem stockte. Ich vergewisserte mich immer, dass ich meine Schätze dabeihatte und die neuesten Mao-Zitate kannte. Trotzdem hatte Scharfer Pfeffer jedes Mal etwas auszusetzen. Zum Beispiel, dass ich keine angemessene Pause beim Komma oder Punkt gemacht hätte. Und wenn ich eine Pause einlegte, sagte sie, ich hätte den Abschnitt zu langsam vorgetragen und versuche zu betrügen.

Von Schulaktivitäten war ich ausgeschlossen, also auch von meinen Lieblingssportarten Tischtennis und Schwimmen. Es spielte keine Rolle, dass ich eine gute Schwimmerin war. Scharfer Pfeffer glaubte, ich würde unser Land verraten und durch den Ozean davonschwimmen. »Sie schwimmt so schnell sie kann hinaus in den Pazifik, wo ein Schiff aus dem Westen wartet und sie aufnimmt; dann verrät sie alle unsere Staatsgeheimnisse an den Feind.«

Wir schrieben das Jahr 1969 und befanden uns mitten in der großen so genannten Kulturrevolution. Ich war vierzehn Jahre alt und besuchte die Grundschule des 1. Juli. Der 1. Juli war der Geburtstag der Kommunistischen Partei. Viel habe ich in jenen Jahren nicht gelernt. Ich war sieben gewesen, als die Kulturrevolution begann. Wir haben Maos Schriften studiert. Wir haben auf dem Boden gehockt und den Namen unseres Lehrers mit Pinsel und schwarzer Tinte auf Pappe geschrieben. Aber die meiste Zeit waren wir auf der Straße und hielten Paraden ab. Wir feierten jede neue Lehre des Vorsitzenden Mao, übertrugen seine Worte auf große Plakate. Sechsundfünfzig Schüler, sechsundfünfzig Plakate. Wir klebten die Plakate an Türen und Tore im ganzen Viertel. Das war unsere Lebensaufgabe. Als Gruppenführerin hatte Scharfer Pfeffer immer einen batteriebetriebenen Lautsprecher in der Hand, während ich als Schlusslicht der Gruppe den schweren Eimer mit dem Kleber und den nassen Besen schleppte.

Ab und zu gingen wir hinterher zurück ins Klassenzimmer. Morgens wurden uns mathematische Grundkenntnisse beigebracht. An Tagen mit ungeradem Datum kam nachmittags ein Gastredner vom Land oder aus einer Fabrik, der furchtbare Geschichten vom alten Gesellschaftssystem erzählte. In diesen dreistündigen Vorträgen wurde eins sonnenklar: Ohne den Vorsitzenden Mao wären wir schon alle tot. Wir begannen, fest daran zu glauben, dass der Vorsitzende unser Retter und Beschützer war. Wir begannen ihn zu lieben. An Tagen mit geradem Datum mussten wir heldenhafte Geschichten von Soldaten lesen, die bei der Verteidigung des Landes und zu Ehren des Vorsitzenden Mao gefallen waren.

Mein größter Wunsch war es gewesen, endlich alt genug zu

sein, um der Volksbefreiungsarmee beitreten zu können. Ich konnte es kaum erwarten zu sterben und so meine Loyalität gegenüber Mao zu beweisen. Ich wollte nach Vietnam, Nordkorea oder Albanien. Ich wollte den Feind bekämpfen wie all jene Helden, über die ich gelesen hatte.

Mutter sagte, die Menschen hätten zu viel Feuer im Leib. Als ich sie nach dem Grund dafür fragte, senkte sie die Stimme und antwortete, weil die Kommunistische Partei die Anbetung der Geister verboten hätte. Und dass unsere Vorfahren durch das Feuer ihre Wut darüber ausdrückten. Unmittelbar nachdem Mutter dies gesagt hatte, bekam ich meine erste Menstruation. Ich hatte keine Ahnung, was da mit mir passierte. Ich dachte, das Feuer, von dem meine Mutter gesprochen hatte, hätte meinen Körper erfasst.

Seit ich zwölf geworden war, fühlte ich mich unwohl mit meinem Körper. Ich schämte mich meiner knospenden Brüste. Es war entsetzlich. Ich umwickelte sie mit drei Lagen Stoff und zwängte mich zusätzlich in ein enges Unterhemd. Selbst in der Sommerhitze trug ich das Unterhemd, trotz des Hautausschlags, den ich einfach ignorierte. Ich fragte mich, wie die anderen Mädchen damit fertig wurden. Die meisten fingen an, vornüber gebeugt zu gehen. Ein paar waren ganz stolz auf sich, weil sie Brüste wie Waschbretter hatten. Eines Tages standen ein Dutzend Mädchen aus der Nachbarklasse weinend zusammen, weil einige Jungen ihnen gedroht hatten, sie zu »heiraten«.

Wir lernten noch immer nichts anderes als Maos Lehren und wie man die Kulturrevolution vorantrieb. »Der Klassenkampf zwischen dem Proletariat und der Bourgeoisie ist härter geworden und hat gewaltsame Formen angenommen.« Gewalt gehörte damals zum Leben. Die Leute bildeten je nach Herkunft Gruppen, und jede Gruppe wollte ihre Loyalität gegenüber Mao beweisen. Der Stolz von Scharfer Pfeffer gründete darauf, »rot« geboren zu sein: Sie stammte aus einer Familie ungebildeter Minenarbeiter. Obwohl ich nicht gerade in die Kategorie der Mao-Gegner fiel, hieß es, ich müsse mir das Recht zu atmen erst verdienen. »Wenn ich einer Reaktionärin zu kriechen befehle, dann kriecht sie«, sagte Scharfer Pfeffer zu mir, »oder mein Regenschirm wird ihr eine Lektion erteilen.«

»Klasse! Wir haben ab heute eine neue Person«, verkündete Frau Cheng, unsere Lehrerin; sie war Ende zwanzig. In ihrer Stimme lag Vorsicht. Mir fiel auf, dass sie nicht »Genossin« oder »Mitschülerin« sagte, sondern »Person«. Neben den Augen ein weiteres Zeichen für die anrüchige Herkunft des Mädchens. »Sie wurde aus dem Bezirk Nummer neunzehn hierher versetzt und heißt Wilder Ingwer, was Wu-Jiang Pei ausgesprochen wird.«

»Wilder Ingwer?« Scharfer Pfeffer zog die Augenbrauen hoch. »Was für ein seltsamer Name!« Sie lachte schrill. »Wie schreibst du das?«, fragte sie, wie immer im Befehlston. Ich bekam jedes Mal eine Gänsehaut davon.

»Wu wie bei dem Schriftzeichen ›Wild‹, ein üppiges Wachstum von Unkräutern. Über das Schriftzeichen für ›Nichts‹ kommt das Zeichen für Gras«, antwortete die Neue und trat aus dem Schatten heraus. »Jiang wie ›Ingwer‹ im ersten Ton. Du kannst mich Wilder Ingwer nennen.«

Die Klasse schwieg überrascht.

Scharfer Pfeffer stand auf. »Aber Wu-Jiang kann auch ›ein Ödland‹ heißen. Korrigieren Sie mich, wenn ich Unrecht habe, Frau Cheng.«

Frau Cheng stellte sich taub.

Das Mädchen blickte vorsichtig auf.

Ich blinzelte ungläubig: Das Sonnenlicht hatte mich nicht getäuscht. Ihre Pupillen waren tatsächlich gelbgrün! Ich starrte sie an. Ist sie eine Ausländerin? Ihre Augen waren mandelförmig und standen weit auseinander; sie hätten nicht orientalischer sein können. Ihre Nase mit dem hohen Rücken war lang und schmal und endete nur ein kleines Stück über der Oberlippe. Ihr Gesicht hatte die Form eines Gänseeis, und ihr Hals war anmutig lang. Ihre Hautfarbe war heller als die der anderen im Raum. Wären ihre glänzenden lackschwarzen Haare nicht gewesen, hätte man sie wirklich für eine Ausländerin halten können.

»Was ist denn mit deinen Augen los? Hast du eine Augenkrankheit?« Scharfer Pfeffer setzte sich wieder und schleuderte ihre Schuhe von sich.

Das Mädchen antwortete nicht, sondern strich sich eine Haarsträhne hinters Ohr.

Scharfer Pfeffer fuhr fort: »Das sind eindeutig keine proletarischen Augen. Rotgardisten, seid bereit, eure Pflicht zu tun.«

Die Klasse sah schweigend zu.

Meine Angst um die Neue wuchs. Vor nicht allzu langer Zeit hatte Scharfer Pfeffer das Gleiche mit mir gemacht, auch an meinem ersten Schultag. Sie hatte mir den Zutritt zum Klassenzimmer verstellt und gefragt, warum ich eine Jungenjacke mit den Knöpfen auf der rechten anstatt auf der linken

Seite trug. Ich erklärte, dass meine Familie kein Geld habe, um Kleidung zu kaufen, und ich deshalb die gebrauchten Sachen meines Cousins trug. Scharfer Pfeffer lachte und erzählte allen, sie hätte Läuse in meinen Haaren gefunden.

Die Schüler in der Klasse hatten Angst, sich gegen Scharfer Pfeffer zu wehren. Doch Angst zähmte sie nicht nur, sondern machte sie auch zu Komplizen. Es kam häufiger vor, dass Scharfer Pfeffer jemanden verprügelte, der sich dann hinterher ihrer Bande anschloss. Scharfer Pfeffer sagte, die Methode hätte sie von ihrem Onkel gelernt, einem Pferdetrainer in der Armee. »Sie heißt *xia-ma-wei* und soll davor warnen, aufsässig zu werden. Mein Onkel hat sie mir einmal an einem widerspenstigen Pferd vorgeführt. Es war ganz simpel. Er schlug das Pferd gleich beim ersten Zusammentreffen und prügelte es windelweich!«

»Ich heiße Wilder Ingwer.« Das klang kompromisslos. Das Mädchen sah Scharfer Pfeffer direkt in die Augen. Ich wurde ganz aufgeregt. Endlich! Jemand wehrte sich gegen die unantastbare Tyrannin! Ich fragte mich nur, wie lange sie durchhalten würde.

Wilder Ingwer wirkte entschlossen und sprach mit hoch erhobenem Haupt.

»Dein Name klingt nicht proletarisch genug«, bemerkte Scharfer Pfeffer höhnisch. »Ändere ihn! Wie wär's mit Unterstützerin der Roten?«

»Nein, danke.«

»Dann kommst du nicht in diese Klasse.«

»Ich ändere meinen Namen nicht.«

»Bist du eine Gegnerin Maos?«

»Ich bin Wilder Ingwer.«

»Bekunde deine Herkunft! Gibt es einen Feind in deiner Familie?«

»Wer gibt dir das Recht, mich zu befragen?«

»Deine üble Herkunft habe ich auf den ersten Blick erkannt. Du siehst total reaktionär aus.«

»Kümmere dich bitte um deine eigenen Angelegenheiten.«

»Erklär mir, warum deine Pupillen eine so merkwürdige Farbe haben!«

Das Mädchen hielt einen Moment inne. »Und darf ich fragen, warum dein Hals so kurz ist? Erklär mir das mit deinem Hals, und ich erzähle dir von meinen Pupillen.«

Die Klasse lachte.

Ein ohrenbetäubendes Krachen kam aus dem Deckenlautsprecher. »Zeremoniell!«, donnerte kurz danach die Stimme des Parteisekretärs.

»Zeremoniell!«, wiederholte Frau Cheng. Sie schien dankbar für die Unterbrechung. »Das Mao-Zitate-Buch auf den Tisch. Schnell, beeilt euch!«

Zur Musik von »Der Osten ist rot« erhob sich die Klasse.

Frau Cheng führte Wilder Ingwer rasch zu einer leeren Bank in der ersten Reihe. Es war der schlechteste Platz, gleich rechts von mir. Aus diesem Winkel konnte man kaum lesen, was an der Tafel stand. Wilder Ingwer legte ihre Schultasche in die Tischschublade und nahm ihr Buch mit Mao-Zitaten heraus.

Wir begannen, »Der Osten ist rot« zu singen, ein langsames, grobschlächtiges Lied, das unsere Nationalhymne ersetzt hatte. Ein Bauer in Mittelchina hatte es ursprünglich lauthals geschmettert. Ich bemerkte, dass Frau Chengs Brüste nass waren. Ihre Milch lief wieder aus und verursachte zwei runde Flecken, die immer größer wurden. Ihr Büstenhalter unter der Bluse war durchnässt und deutlich sichtbar. Sie war schon auf der Toilette gewesen, was aber nicht geholfen hatte. Es war ihr verboten, nach Hause zu ihrem Neugeborenen zu gehen.

Scharfer Pfeffer verließ ihren Platz und stellte sich vor die Klasse, um die Rezitation der Lehren Maos anzuleiten. Wir sangen gedankenlos. Gewöhnlich dauerte das Ganze zwei Stunden.

Gelangweilt warf ich heimlich einen Blick auf Wilder Ingwer. Von meinem Platz aus sah ich sie im Profil. Sie hatte erstaunlich lange, dichte Wimpern. Ihre Ärmel waren am Ende ausgefranst, und ihre marineblaue Hose war so abgetragen, dass die Knie durchschienen. Sie kratzte sich permanent die Arme, als hätte sie eine Hautkrankheit. Ihre Lippen bewegten sich nicht im Einklang mit dem Rest der Klasse. Nach einer Weile bückte sie sich und wühlte in ihrer Tasche. Dann nahm sie das Mao-Buch zur Hand und blätterte darin herum. Offensichtlich war sie mit ihren Gedanken woanders gewesen, denn sie wusste nicht, auf welcher Seite wir uns befanden.

Wir lasen Maos *Drei berühmte Aufsätze* – »Dem Volk dienen«, »Dem Gedenken Bethunes« und »Yü Gung versetzt Berge«. Ich sah genau, dass Wilder Ingwer so tat als ob, und war überrascht, dass sie kein bisschen nervös zu sein schien. Sie blätterte vor und zurück. Ihre Fingernägel waren schmutzig und ihre Hände voller Frostbeulen.

»›Stirbt man für die Interessen des Volkes, so ist der Tod gewichtiger als der Tai-Berg‹«, fuhren wir fort. Scharfer Pfeffer ließ ihren Blick durch den Raum wandern. »›Stirbt man aus irgendeinem anderen Grund, so hat der Tod weniger Gewicht als Schwanenflaum …‹« Ich war müde, rief mir aber den Jungen ins Gedächtnis, der von der Schule verwiesen wurde, weil er bei Mao-Lesungen eingeschlafen war.

»›… Obwohl wir unterschiedlicher Herkunft sind, kämpfen wir für ein Ziel, nämlich die Welt zu befreien und den Armen Essen und Obdach zu geben. Wir sind die wahren Revolutionäre. Wir leben wie eine große Familie, in der alle wie Brüder und Schwestern behandelt werden. Wir lernen, ehrlich, liebenswürdig und fürsorglich zu sein …‹«

Ich blickte auf das Mao-Porträt an der Wand. Der Vorsitzende hatte einen freundlichen Gesichtsausdruck. Lächelnde Augen, leuchtende Wangen, eine flache Nase und einen sanften Mund. Es war ein friedliches Gesicht. Scharfer Pfeffer hatte einmal gesagt, wenn man Maos Porträt lange genug anstarrte, würde der Vorsitzende zum Leben erwachen. Seine Augen würden blinzeln und sein Mund sich öffnen. Ich hatte es immer wieder versucht, aber bei mir erwachte er nie zum Leben. Es wurde nur langweilig, ihn anzustarren. Aber außer dem Porträt waren die Wände des Klassenzimmers kahl. Vor ein paar Monaten hatte ich während des Rezitierens etwas in mein Heft gekritzelt. Frau Cheng gebot mir aufzuhören. Später erklärte sie mir, sie hätte es zu meinem eigenen Schutz getan. Ich wusste sofort, was sie meinte. Hätte Scharfer Pfeffer mich dabei erwischt, wäre ich als Reaktionärin von der Schule verwiesen worden.

Die Flecken auf Frau Chengs Bluse waren zu einem großen Fleck verschmolzen.

Scharfer Pfeffer genoss den Klang ihrer eigenen Stimme. Sie protzte mit ihrem Können, indem sie immer schneller sprach. Wir näherten uns dem Ende des Abschnitts. Meine Angst vor Scharfer Pfeffer kam wieder hoch. Ich überlegte, wie ich heute den Schlägen entkommen konnte. Vielleicht sollte ich versuchen, durch den Zaun hinter der Schule zu verschwinden, anstatt durchs Tor hinauszugehen. Und wenn ich dabei gesehen wurde? Sie würden es Scharfer Pfeffer berichten. Niemand konnte Scharfer Pfeffer aufhalten, nicht einmal Frau Cheng.

Häufig betete ich, Scharfer Pfeffer möge krank werden. Ihr Niesen beglückte mich und gab mir Hoffnung für den ganzen Tag. Aber sie war stark wie ein Bär. Oft fragte sie andere, ob sie etwas zu essen »übrig« hatten. Je nachdem, ob man ihrer Aufforderung nachkam oder nicht, wurde man als Revolutionär oder Reaktionär eingestuft. Ihr Mund roch wie ein Mülleimer. Ihre Zähne waren maisgelb. Ihre Zunge war immer schwarz und blau, weil sie ständig am Füller lutschte. Jetzt starrte sie gerade auf Frau Chengs Bluse und schnitt dann Grimassen in Richtung Titi und Yaya, zwei von ihrer Bande. Beide kicherten. Als die Klasse es bemerkte, kicherten einige mit. Doch plötzlich veränderte sich der Gesichtsausdruck von Scharfer Pfeffer. Sie starrte gebannt auf eine Stelle. Ihr Mund stand offen, wie im Schock. Ich folgte ihrem Blick und war selbst schockiert: Wilder Ingwer hatte den Kopf auf ihre verschränkten Arme gelegt. Sie schlief.

Schirme donnerten auf meinen Kopf herab wie Unwetter – ich erhielt meine tägliche Lektion. Scharfer Pfeffer und ihre Bande schlugen von allen Seiten auf mich ein. Ich versuchte, mich mit den Armen zu schützen, und suchte gleichzeitig eine Fluchtmöglichkeit. Doch Scharfer Pfeffer stellte sich mir in den Weg. Ihr Schirm landete auf meiner Schulter. Ich schrie auf vor Schmerz. Yaya und Titi hämmerten mit den Fäusten auf meine Brust ein. Scharfer Pfeffer umkreiste mich. Blitzschnell stieß sie ihr Knie in meine Beine, und ich fiel hin, mit dem Gesicht ins Gras.

Titi und Yaya klatschten. Ich hörte Scharfer Pfeffers Gelächter.

Andere Schüler gingen vorbei, doch niemand blieb stehen. Ich hatte meiner Mutter erzählt, wie Scharfer Pfeffer mich behandelte. Sie war in die Schule gegangen und hatte sich bei Frau Cheng beschwert. Frau Cheng berichtete meiner Mutter, sie sei beim Rektor gewesen und habe gesagt bekommen, Scharfer Pfeffer repräsentiere die Rote Garde und habe vom Vorsitzenden Mao die Erlaubnis, »alles Notwendige zu tun, um die Welt zu verändern«. »Wäre Ihr Kind aus einer Arbeiterfamilie, wäre es geschützt.«

Ich wurde weiter verprügelt, und mir wurde weiter an den Haaren gezogen. Inzwischen waren meine Ärmel abgerissen, und mein Kragen war im Begriff, sich abzulösen. Ich schaffte es nicht bis zum Schultor. Je mehr ich mich wehrte, desto fester schlugen sie zu. Während ich die Arme über den Kopf hielt, liefen mir Tränen übers Gesicht. Ich schrie: »Der Vorsitzende Mao wird mich jetzt hören! Ich bin auch loyal! Noch nie habe ich ein Wort seiner Lehren falsch geschrieben. Meine Prüfungsergebnisse sind hervorragend. Aber du, Scharfer Pfeffer, du behandelst mich unfair und grausam. Wenn der Vorsitzende Mao erfährt, was mir passiert, wird er entsetzt sein!«

»Ganz im Gegenteil!« Der Schirm von Scharfer Pfeffer fuhr auf mich herab. »Er wird sagen: ›Tilge die Ratte vom Erdball! Wenn der Feind nicht kapituliert, muss er sterben!‹«

Plötzlich hörten die Schläge auf. Ein Schrei erschallte. Jemand hatte Scharfer Pfeffer einen Stoß versetzt. Verstohlen warf ich einen Blick unter meinem Arm hindurch. Es war die Neue, Wilder Ingwer. Sie rang mit Scharfer Pfeffer, entriss ihr den Schirm und zerschmetterte ihn auf dem Boden.Wütend stürzte Scharfer Pfeffer sich auf Wilder Ingwer, erwischte mit den Zähnen ihre Bluse. Die Knöpfe von beider Jacken schossen durch die Gegend. Plötzlich versetzte Wilder Ingwer ihr einen heftigen Schlag. Scharfer Pfeffer taumelte zurück und landete auf dem Hintern.

»Ein Feind hat sich zu erkennen gegeben!«, schrie Scharfer Pfeffer. »Sie war diejenige, die während des Mao-Studiums geschlafen hat! Seht euch das komische Gesicht an. Bestimmt fließt in ihr das Blut eines westlichen Opiumverkäufers! Genossen, wir gehen ins Schulsekretariat! Wir holen uns ihre Akte!«

2

Genau, was ich erwartet habe.« Scharfer Pfeffer blätterte durch die Akte und verkündete der Klasse: »Der Vater von Wilder Ingwer, der verstorbene Herr Pei, war Franzose. Er war ein Spion. Trotz seines Todes ist er immer noch schuldig. Die Mutter von Wilder Ingwer ist Chinesin, aber ich bin sicher, sie ist nichts anderes als eine Hure. Wilder Ingwer ist eine geborene Spionin. Der Vorsitzende Mao lehrt uns: ›Gegenüber Reaktionären aller Art gibt es kein Erbarmen!‹«

Innerhalb von Sekunden wurde Wilder Ingwer mit Regenschirmen malträtiert. Bald schwollen ihre Wangen an und ihre Nase blutete. Ihre Zöpfe lösten sich und ihre Jacke riss entzwei. »Ergib dich!«, schrien Scharfer Pfeffer und ihre Bande. »Kapituliere! Akzeptiere uns Proletarier als deine Herren, oder wir schlagen dich tot!«

Blutend erhob sich Wilder Ingwer. Der Blick in ihren Augen glich dem eines wilden Stiers.

Scharfer Pfeffer stürzte sich erneut auf sie, Mao zitierend: »›Tötet das bourgeoise Ungeziefer! Rettet den Patienten! Tötet das bourgeoise Ungeziefer! Rettet den Patienten!‹ Vierter Mai 1939, *Ausgewählte Werke von Mao Tse-Tung*. Band zwei, Seite zweihundertfünfundachtzig, ›Die Orientierung der Jugendbewegung‹.«

Die Bande schloss sich der Rezitation an. »›Was denn soll das Kriterium dafür sein, ob ein junger Mensch revolutionär ist? Wie kann man das feststellen? Es gibt nur ein Kriterium: Will er sich mit den breiten Massen der Arbeiter und Bauern verbinden, und tut er das auch tatsächlich oder nicht? Wenn er sich mit den Arbeitern und Bauern verbinden will und das tatsächlich tut, ist er revolutionär; andernfalls ist er nichtrevolutionär oder konterrevolutionär. Wenn er sich heute mit den Massen der Arbeiter und Bauern verbindet, ist er heute ein Revolutionär. Wenn er aber morgen nicht mit ihnen verbunden ist oder umgekehrt das einfache Volk unterdrückt, wird er ein Nichtrevolutionär oder ein Konterrevolutionär sein.‹«

Wie ein in die Enge getriebenes Tier benutzte Wilder Ingwer ihr Rechenbrett als Schutzschild und wehrte sich so lange damit, bis es zerbrach. Sie warf den kaputten Rahmen weg und las ihre Schultasche auf. Die Bande packte sie erneut. Ich wollte ihr helfen, wurde aber von Titi und Yaya weggezogen und zu Boden gedrückt. Scharfer Pfeffer und die anderen Bandenmitglieder rissen an der Schultasche von Wilder Ingwer. Ihre Bücher und anderen Sachen flogen heraus. Sie fiel hin. Während die anderen sie an Kopf und Füßen festhielten, setzte Scharfer Pfeffer sich auf ihren Rücken und stach mit ihrem Schirm auf sie ein.

Mit ohrenbetäubenden Schreien gab Wilder Ingwer sich geschlagen.

Scharfer Pfeffer zitierte mit Siegesstimme lautstark Mao: »›Lesen ist Lernen, aber die praktische Betätigung ist auch ein Lernen, und zwar eine noch wichtigere Art des Lernens. Das Kriegführen durch den Krieg selbst erlernen – das ist unsere Hauptmethode. Wer keine Gelegenheit hatte, eine Schule zu besuchen, kann gleichfalls das Kriegführen erlernen, nämlich im Kriege selbst. Ein revolutionärer Krieg ist Sache der Volksmassen; meistens ist es so, dass man nicht zuerst lernt, um dann zu handeln, sondern zuerst handelt und dabei lernt; Handeln heißt eben schon Lernen.‹«

Wilder Ingwer lag auf dem Bauch und rang nach Luft. Scharfer Pfeffer und ihre Bande entfernten sich. Auf dem Schulhof wurde es ruhig. Ich stand vom Boden auf.

Wilder Ingwer rappelte sich langsam hoch und sah sich nach ihren Schuhen um. Die Kugeln ihres Rechenbretts und die Seiten ihrer Bücher waren überall verstreut. Ein Schuh lag hinter den Büschen. Sie machte sich auf, ihn zu holen, hüpfte mit schmerzverzerrtem Gesicht auf einem Bein. Auf dem Rückweg las sie ihre Schultasche auf. Die Schnallen waren verschwunden.

Ich ging auf Wilder Ingwer zu, hob dabei Rechenbrettperlen und Buchseiten auf. Ich wollte ihr danken, wusste aber nicht, wie ich anfangen sollte.

»Das hier ist vermutlich dein Ärmel.« Wilder Ingwer bückte sich und hob ein Stück Stoff auf, das zu meiner Jacke passte, und gab es mir. »Der andere liegt hinter den Büschen.«

Ich bedankte mich durch ein Kopfnicken und reichte ihr die Seiten ihres Buchs.

»Wie heißt du?«, fragte sie und stopfte die Blätter in ihre Schultasche.

»Ahorn.«

»Verstehe. Im Herbst färbst du dich rot.« Sie lächelte und begann, ihre Schnürsenkel zu binden.

»Machst du dich über meinen Namen lustig?«

»Nein, überhaupt nicht.« Sie wischte sich das Blut vom Mund. »Er gefällt mir. Er klingt proletarisch, maoistisch. Einfach perfekt. Deine Eltern scheinen sehr bedachtsame Menschen zu sein … Wie schreibst du ihn denn?«

»Das Schriftzeichen für Wind mit dem Zeichen für Holz an der linken Seite.«

»Du bist wie dein Name.« Sie stand auf und strich sich den Schmutz von ihrem Po. »Du biegst dich.«

Was sollte ich darauf antworten? Was wusste sie schon über Scharfer Pfeffer? Ich fing an, das Rechenbrett zusammenzusetzen.

»Ich hab ja nicht gesagt, dass es deine Schuld ist, oder?« Sie sortierte die Seiten und versuchte, das Lehrbuch wieder in Ordnung zu bringen.

»Na ja, jedenfalls danke, dass du mir zur Rettung geeilt bist.«

»Gern geschehen.« Wie von einem plötzlichen Schmerz überwältigt, sank sie auf die Knie.

»Ist alles in Ordnung?«

»Ich … mir geht's gut.«

»Es tut mir Leid.«

»Hör auf, hab niemals Mitleid mit mir. Meine Wunden sind für mich Orden.«

Was für eine Vorstellung! »Kämpfst du häufig?«

»So wie ich aussehe, lässt mich niemand in Ruhe.«

»Gewinnst du manchmal?«

»Meistens verliere ich. Einmal haben sie mir fast die Zähne ausgeschlagen.«

»Du bist tapfer.«

»So würde ich das nicht nennen.«

»Du … du weißt sicher, dass du ein bisschen ausländisch aussiehst. Ist dein Vater wirklich Franzose?«

»Halb. Mein Großvater ist Franzose.«

»Wo ist Frankreich? Ist es ein imperialistisches Land wie die USA?«

»Ich hab keine Ahnung. Ich hab noch nie eine Weltkarte

gesehen. Meine Mutter hat einmal gesagt, es sei ein wunderschönes Agrarland in Europa. Aber wie kann ich meiner Mutter glauben?«

»Dann hatte Scharfer Pfeffer Recht mit deiner Akte?«

»Seine Eltern kann man sich nicht aussuchen, oder?«

»Natürlich nicht.«

Sie stieß einen tiefen Seufzer aus, wie eine alte Frau.

»Es tut mir Leid, Wilder Ingwer.«

»Meine Mutter hat sich geirrt. Sie dachte, dass die Versetzung an eine andere Schule helfen würde.«

»Aber diesmal hast du nicht für dich selbst gekämpft.«

»Glaub mir, das macht keinen Unterschied. Früher oder später wird mein Aussehen allen als Rechtfertigung dienen, mich zu verprügeln oder auszulachen. In meiner alten Schule waren die Leute ehrlich gesagt noch brutaler. Sie haben mit Hosenschnallen aus Metall auf mich eingeschlagen.«

»Was machst du jetzt?«

»Ich weiß es nicht. Ich kann sie nicht aufhalten, und Unterwürfigkeit ist auch keine Lösung, so viel ist sicher.«

Ich seufzte und dachte an meine eigene Lage. Jeder Muskel in meinem Körper tat weh.

»Du verhältst dich, als ob du es verdienst.« Sie ging in Richtung Tor, und ich folgte ihr. »Warum wehrst du dich nicht, Ahorn? Du solltest ihnen wenigstens deine Missbilligung zeigen.«

»Was sollte das schon nützen? Ich würde sowieso nie gewinnen. Ich bin allein.«

»Nicht mehr.« Wilder Ingwer hob einen Weidenzweig auf und schwang ihn durch die Luft.

Ich sah ihr zu.

Sie knallte den Zweig wie eine Peitsche. Krachend zerbrach er.

Ein merkwürdig warmes Gefühl überkam mich. Unwillkürlich schossen mir Tränen in die Augen.

»Hier ist dein Rechenbrett«, brachte ich heraus. »Scharfer Pfeffer macht es wieder kaputt, wenn sie dich mit mir zusammen sieht.«

»Oder dich mit mir.« Sie lächelte. »Wo wohnst du?«

»Straße des Roten Herzen Nr. 347. Und du?«

»Nicht weit von dir. Stalin-Straße hinter der Chia-Chia-Gasse.«

»Übrigens, dein Name gefällt mir.«

In dieser Nacht fühlte ich mich zum ersten Mal seit langer Zeit wieder ganz ruhig. Die Farbe des Lebens ging über von Dunkel in Hell. Meine Verzweiflung ließ nach. Ich dachte nur noch an Wilder Ingwer und erzählte meiner Mutter von meiner neuen Freundin. Ich beschrieb ihre Furchtlosigkeit. Es machte mir nichts aus, dass Mutter dabei einschlief. Sie schnarchte, bevor ich fertig war. Ich erzählte weiter, musste den Namen von Wilder Ingwer hören und ihre Geschichte.

Die Luft war feucht in dieser Spätsommernacht in Shanghai. Mein Magen knurrte. Wir waren zu arm für komplette Mahlzeiten. Meine Familie schlief auf Bambusmatten auf dem Boden. Die Arme und Beine meiner drei Schwestern und drei Brüder lagen alle übereinander. Im Schlaf führten sie einen Krieg. Sie kämpften um Essen und Raum. Der Zeh meines zweitältesten Bruders lag im Mund meiner drittältesten Schwester. Meine zweitälteste Schwester schrie: »Brötchen! Grüne-Zwiebel-Brötchen!« und rollte von der Matte, als verfolge sie den Brötchendieb. Mein ältester Bruder wand sich und schob den Kopf zwischen Tischbein und Stuhl. »Brötchen? Wo ist das Brötchen?« Seine Hände packten meine Schultern.

Ich konnte nicht schlafen und stand auf. Ich beschloss, einen Brief an meinen Vater zu schreiben, der in ein Arbeitslager gesteckt worden war. Seit fast einem Jahr hatte ich ihn nicht mehr gesehen. Ich schrieb, dass ich mich jetzt auf die Schule freute. Obwohl ich sicher weiterhin geschlagen und angegriffen würde, beglückte mich der Gedanke, nicht mehr allein zu sein.

3

An den Anschlagtafeln des Viertels hingen Namenslisten mit den »neu entdeckten Feinden« aus. Auch Frau Pei, Wilder Ingwers Mutter, stand darauf. Ihr wurde Spionage vorgeworfen und befohlen, an öffentlichen Versammlungen teilzunehmen, um ihren Ehemann zu denunzieren und ihre Verbrechen einzugestehen. Nachbarn und Kinder wurden vom Bezirksvorsitzenden aufgefordert, sie im Auge zu behalten und jede Form von Widerstand zu melden.

Ich lief zu Wilder Ingwer, um ihr davon zu berichten. Ihr Haus lag in einer vornehmen Siedlung am Ende einer kleinen Gasse. Die Siedlung war vor der Befreiung in der Zeit der französischen Kolonialherrschaft entstanden und der grünste Bezirk der Stadt. Das Haus stand halb versteckt im Schatten eines großen Feigenbaums. Obwohl der Eingang heruntergekommen war, sah er noch immer nobel aus. Das Haus erinnerte mich an eine verlassene, alternde Konkubine.

Ich klopfte an die halb offene Tür. Ein Hund humpelte heraus. »Komm herein«, begrüßte mich Wilder Ingwer. »Mutter, Ahorn ist hier.«

Ich betrat den Flur. Er war sehr groß und führte in ein verwohntes weißes Zimmer mit Fenstern an drei Seiten. Die zugezogenen Gardinen mit Blattmuster schufen ein düsteres und weiches Licht. Frau Pei, eine grauhaarige Frau mittleren Alters, lag auf einem alten Sofa. Sie begrüßte mich. Sie war sehr dünn, aber noch immer sehr schön, wie eine alte Porzellangöttin. Von der Taille abwärts war sie in viele Laken und Decken gehüllt. Vor ihr, über den Boden verstreut, standen viele verschiedene Topfpflanzen: Orchideen, dickblättriger Bambus, Kamelien und rotes Gras.

»Frau Pei«, sagte ich höflich.

Sie versuchte, sich aufzusetzen, doch ihre Kräfte verließen sie. Schwer atmend stieß sie »entschuldige« hervor und sank zurück. Sie wirkte nervös. »Wasser, Ingwer. Tritt näher, Ahorn, meine Liebe. Hat dich jemand ins Haus gehen sehen?«

»Nein. Ich habe mich lange hinter dem Feigenbaum versteckt und erst dann an Ihre Tür geklopft. Um sicherzugehen, dass mich niemand sieht.«

Frau Pei seufzte erleichtert.

»Hast du die Bekanntmachung gesehen?«, fragte mich Wilder Ingwer.

»Deshalb bin ich hier, um dir davon zu erzählen. Sie hängt an allen Türen.«

»Die Aktivisten aus der Nachbarschaft haben sie heute Morgen aufgehängt.« Ihre Stimme war merkwürdig distanziert und nüchtern.

»Was … werden Sie jetzt tun?«, wandte ich mich an Frau Pei.

Frau Pei sagte nichts. Sie starrte an die Zimmerdecke.

»Hat Mutter denn eine Wahl?« Wilder Ingwer schenkte mir ein Glas Wasser ein. »Sie hat den Fehler gemacht, einen Ausländer zu heiraten. Sie muss mit den Folgen leben. Das war ihr bewusst. Aber mir gegenüber ist es nicht fair. Ich bin das Opfer. Ich bin die Leidtragende ihres Kampfes. Aber eins lass dir sagen, Ahorn, diese Ehe war kein Verbrechen, sondern ein Fehler. Ein menschlicher Fehler.«

»Sie war kein Fehler.« Mühsam richtete sich Frau Pei auf. »Und auch kein Irrtum. Er ist dein Vater!«

»Mutter, genug, ich hasse diesen Mann.«

»Wie kannst du es wagen, so respektlos über deinen Vater zu reden! Du ehrfurchtlose Tochter!« Frau Pei stöhnte.

»Ich hasse schon allein die Vorstellung.«

»Sein Blut fließt in dir.«

»Es widert mich an.«

»Du weißt nicht, wer er war.«

»Ein Spion.«

»Das war er nicht.«

»Warum ist er nach China gekommen? Was hat ein Ausländer in China zu suchen?«

»Er liebte China. Er war Diplomat. Das war sein Beruf. Er wollte dazu beitragen, dass China erblüht.«

»Nein. Er war ein Spion. Spionieren war sein Beruf. Er wurde von westlichen Imperialisten geschickt. Chinas Entwicklung zu fördern, war nur ein Vorwand. Es war gelogen. Seine wahre Absicht war, den westlichen Imperialisten bei der Ausbeutung Chinas zu helfen. Du warst zu blind, das zu sehen. Du warst dumm.«

»Du Bastard!«

»Der Klang der Wahrheit tut deinem Herz weh, nicht wahr?«

»Wie kannst du glauben, was die Parteifunktionäre dir erzählen?«

»Ich vertraue den Repräsentanten des Vorsitzenden Mao! Ich vertraue dem Vorsitzenden Mao!«

»Sie haben dich einer Gehirnwäsche unterzogen!«

»Vorsicht, Mutter! Du klingst gefährlich!«

»Ich bin deine Mutter. Ich riskiere gern mein Leben, um dir die Wahrheit zu sagen!«

»Du bist ein bemitleidenswertes Opfer.«

»Sei still!«

»Du tust mir Leid, Mutter. Wirklich. Und ich tue mir auch selbst Leid, obwohl ich das nicht will.«

»Hör nicht auf sie, Ahorn …« Frau Pei sank zurück aufs Sofa. Schwer atmend schloss sie die Augen. Ihre Brust hob und senkte sich. »Wilder Ingwer ist verrückt, wie ganz China.«

»Ich bin nicht verrückt, aber du bist es, Mutter! Du lebst in einem Traum, den dein Franzose dir in den Kopf gesetzt hat. Und was noch schlimmer ist, du weigerst dich aufzuwachen!«

»Ingwer!«

»Wach auf, Mutter!«

»Ingwer! Ich hätte auf meine Großtante hören sollen! Ich hätte dir den Namen geben sollen, den sie vorgeschlagen hatte, »Klares Wasser«. Er sollte dich besänftigen und dein Wesen zähmen. Ach, wie ich sie zurückgewiesen und damit gekränkt habe! Sie hatte einen Wahrsager engagiert, der erklärte, du hättest bei der Geburt zu viel Feuer in dir gehabt. Er warnte mich, dass du dich selbst verbrennen, dich in Ödland verwandeln wirst. Aber ich wollte davon nichts wissen. Mir gefiel die Leidenschaft, die das Feuer symbolisiert! Dein Vater und ich haben dich Wu-Jiang genannt, Wilder Ingwer, weil wir das Feuer in dir liebten! Wir dachten, es wäre etwas Besonderes. Dein Vater hat Wildheit bewundert. Wir hatten gehofft, dass du einmal so frei bist, wie du es willst. Aber wie konnte ich wissen, dass es so kommen würde? Was für eine Vergeltung! … Ahorn, Ingwers Vater liebte China und er liebte seine Tochter. Er starb an Krebs, als sie fünf Jahre alt war. Er war ein edler Mann.«

»Der Vorsitzende Mao lehrt uns« – unterbrach die Tochter ihre Mutter –: »›Das Mitglied einer Klasse kann unmöglich das Mitglied der gegnerischen Klasse lieben‹.«

»Du warst das Ein und Alles deines Vaters!«

»Davon will ich nichts hören!«

»Wie kannst du nur so etwas tun?«

»Du beleidigst mich, Mutter.«

»Um Gottes willen!«

»Zum Teufel mit Gott, dem Geisterkopf!«

»Du wirst für deine Verachtung des Herren bestraft werden.«

»Von solchen Eltern geboren zu sein, ist eine Strafe. Ich büße jeden Tag dafür. Auf allen Schulen, die ich je besucht habe, schimpfte man mich kleine Spionin, und Lehrer wie Mitschüler begegnen mir immer mit Misstrauen. Egal, wie sehr ich mich bemühe, niemand hat mich je akzeptiert. Hier, sieh dir das an!« Sie schob die Ärmel hoch und zeigte ihre blauen Flecken.

Plötzlich verstand ich, warum sie sich ständig kratzte. Sie hatte keine Hautkrankheit, sondern ihre heilenden Wunden juckten.

»Bring mich nicht dazu, Worte zu sagen, die dich verletzen, Mutter«, fuhr Wilder Ingwer fort. »Ich will nichts anderes im Leben, als dass man mich akzeptiert und mir vertraut, ich will Maoistin sein wie alle in diesem Land. Das ist doch nicht zu viel verlangt, oder? Oder, Mutter? Aber wegen dir und diesem Franzosen bin ich verdammt.«

»Hilf mir, Gott.« Frau Pei vergrub ihr Gesicht im Kissen.

»Ja, hilf mir Gott, der Teufel nimmt mein Kind«, schrie

Wilder Ingwer hysterisch. »Mutter, zwing mich nicht, Bericht über dich zu erstatten. Ausgestoßen und abgelehnt, wie ich bin, werde ich dich denunzieren und aus diesem stinkenden Haus ausziehen!«

Frau Pei lag zitternd unter den Laken. Nach ein paar tiefen Seufzern sagte sie weinend: »Jean-Michel, bitte hol mich. Ich ertrage es nicht mehr ...«

Die Worte der Tochter ergaben für die Mutter keinen Sinn, aber ich hatte sie sehr gut verstanden. Maoist zu werden war für unsere Generation, was für Buddhisten das Nirwana ist. Auch wenn wir die maoistischen Schriften noch nicht verstanden, so wurde uns doch seit dem Kindergarten beigebracht, dass der Prozess selbst, die Verwandlung – die Versklavung von Leib und Seele, die notwendigen Opfer, um »dort hinzukommen« – der Sinn unseres Lebens sei. Zu diesen Opfern gehörte es zu lernen, sich nicht nur von jenen zu trennen, die wir am meisten liebten, sondern sie notfalls zu denunzieren, wenn wir zu der entsprechenden Einschätzung kamen. Und wir lernten auch, mit dem Schmerz umzugehen, der durch solches Handeln verursacht wird. Man nannte es »Gesinnungsprüfung«. Der Prüfungswahn war so übermächtig, dass Jugendliche im ganzen Land sich daran beteiligten. Von 1965 bis 1969 denunzierten Millionen junger Leute trotz des Leids, das sie sich selbst damit zufügten, öffentlich Mitglieder ihrer Familie, ihre Lehrer und Mentoren, um ihre Ergebenheit gegenüber Mao zu demonstrieren. Sie wurden verehrt.

Ich verstand, wie wichtig es war, Maoistin zu sein. Ich selbst versuchte verzweifelt, die »Gesinnungsprüfung« zu bestehen.

Doch ich muss sagen, es war nicht einfach Blindheit von uns, dass wir dem Vorsitzenden Mao geglaubt haben.

Mao als Retter Chinas zu verehren war keineswegs verrückt. Tatsache ist, dass China ohne ihn als Führer der Kommunistischen Partei und ihrer Armeen eine in Scheiben geschnittene Melone wäre, längst einverleibt von ausländischen Mächten wie Japan, Großbritannien, Deutschland, Frankreich, Italien und Russland. Diese Information habe ich in der Schule erhalten, und sie wurde mir von meinem Vater, der chinesische Geschichte unterrichtete, bestätigt. Der Opiumkrieg von 1840 zeigte deutlich, wie nahe China seiner Zerstörung war. Damals war der unfähige Kaiser der Ching-Dynastie gezwungen, »einhundertjährige Verträge« zu schließen, die den »Freihandel« in Küstenprovinzen und Häfen erlaubten. Er unterschrieb, nachdem ausländische Soldaten Yuan-ming-yuan – den prächtigen Kaiserpalast in Peking – niedergebrannt hatten und der Kommandant der Alliierten sich mit einer chinesischen Prostituierten im kaiserlichen Bett vergnügt hatte.

Ein weiteres gutes Beispiel für die Unfähigkeit der Regierung war die Invasion Japans 1937. Sie offenbarte die wahre Absicht der Ausländer, wenn sie von »Freihandel« sprachen. China war es verboten, sich gegen ihre Habgier zur Wehr zu setzen. Als es dann doch Widerstand leistete, fand die »Vergewaltigung« statt: Dreißig Millionen Chinesen wurden während der japanischen Okkupation getötet. Allein in Nanking waren dreihundertfünfzig Tausend Menschen umgebracht und achtzig Tausend Frauen vergewaltigt worden.

Die Bilder von Bergen abgeschlagener Köpfe, die uns Kindern gezeigt wurden, erzeugten ein ungeheures Entsetzen.

Dabei wäre es nicht einmal nötig gewesen, sie uns zu zeigen. Die Erinnerung an das Grauen war noch frisch in den Köpfen. In jeder einzelnen Familie waren Angehörige verletzt worden oder tot. Es war Mao, der China dazu brachte, sich gegen die Invasoren zu wehren. Mao schützte uns davor, geköpft, lebendig verbrannt, mit Bajonetten erstochen, von Maschinengewehren durchlöchert oder mit Benzin überschüttet und verbrannt zu werden. Niemand in China bestritt das, außer mein Vater, der ab und zu flüsterte, die Kapitulation Japans 1945 hätte viel mit der Niederlage im Zweiten Weltkrieg zu tun gehabt; und zusätzlich zu Maos Anstrengungen hätte Stalins russische Rote Armee maßgeblich dazu beigetragen, dass Japan China aufgab. Mit anderen Worten, Mao selbst leistete Widerstand und erntete gleichzeitig die Früchte anderer. Leider brachte diese Sichtweise meinen Vater in Schwierigkeiten. Trotzdem hat er nie der Tatsache widersprochen, dass Mao der Held Chinas war. Mao zu folgen wurde ein natürliches Bedürfnis der Menschen. Und genau darum ging es bei der Erziehung in der Schule: An Mao zu glauben bedeutete, an Chinas Zukunft zu glauben. Es war ein und dasselbe.

Für mich war es verständlich, dass Frau Pei ihrer Tochter nicht zustimmen konnte. Sie wurde schlecht behandelt, weil sie einen Ausländer geheiratet hatte. Aber wer konnte andererseits einfach die Bilder des brennenden, tausend Jahre alten kaiserlichen Palasts vergessen? Wer konnte der Erinnerung an die Flucht aus dem eigenen Haus entkommen? Die Erfahrungen, die Frau Pei gemacht hatte und machte, führten dazu, dass sie Mao hasste. Und Wilder Ingwer stand genau auf der entgegengesetzten Seite. Wilder Ingwer konnte ihrer Mutter nicht verständlich machen, was sie empfand.

Wilder Ingwer wollte Maoistin sein, eine wahre Maoistin, die China vor einer Katastrophe bewahrte. Dabei hatte sie einen anderen Maoismus als den von Scharfer Pfeffer im Sinn. Scharfer Pfeffer machte sich den Maoismus nur zunutze. Sie verstand nicht wirklich, was es hieß, Maoistin zu sein. Wilder Ingwer nannte Scharfer Pfeffer eine »Maoistenfälschung«. Ich stimmte ihr vollkommen zu. Scharfer Pfeffer rief Parolen, nur um andere herumzukommandieren, wie ein falscher Buddhist, der nicht nur Fleisch isst, sondern auch Tiere tötet. Wilder Ingwer glaubte, dass Scharfer Pfeffer eines Tages dafür bestraft würde, dass sie Maos Namen beschmutzte.

Ich saß auf einem kleinen Stuhl beim Herd in der dunklen Küche von Wilder Ingwer. Wilder Ingwer schüttete gerade Bleichmittel in ein Wasserglas.

»Wie hat dein Vater ausgesehen?«, fragte ich.

»Ich habe vor, sein Foto zu verbrennen. Du kannst es dir ansehen, bevor ich ein Streichholz dranhalte.«

Wilder Ingwer stellte das Bleichmittel ab und ging zum Sicherungskasten hinter dem Vorratsschrank. Sie fasste hinein und holte eine kleine bunte Schachtel heraus. Sie wischte den Staub ab und öffnete den Deckel. Zum Vorschein kamen mehrere Gegenstände: farbige Seifenpapierchen, kleine Glaskugeln, leere Streichholzschachteln, Mao-Buttons und die handtellergroße Fotografie eines jungen Paares. Die Frau, obwohl kaum wiederzuerkennen, war ihre Mutter. Ihre schrägen Augen leuchteten mit einem Schmetterlingslächeln. Der Mann sah gut aus. Ein Ausländer. Er hatte lockiges helles Haar, einen hohen Nasenrücken und tief liegende Augen.

»Bist du schockiert?«, fragte Wilder Ingwer.

Ich nickte und gab zu, noch nie einen Ausländer gesehen zu haben.

»Aber du findest nicht, dass ich aussehe wie er, oder?«

»Na ja, du hast seine Nase.«

»Warum sagst du nicht, dass ich die Augen meiner Mutter habe? Sie sind mandelförmig und schräg. Sie sind hundert Prozent orientalisch.«

»Ja, das stimmt. Abgesehen von der Farbe deiner Pupillen.«

»Wenn es Augenfarbe gäbe, würde ich sie schwarz färben.«

»Mich stören sie nicht. Sie gefallen mir.«

»Ich finde jedenfalls, dass ich Glück habe.«

»Glück?«

»Meine Augen sind das Einzige, das an mir chinesisch aussieht. Stell dir vor, es wäre andersherum!«

»Laut Scharfer Pfeffer ist alles Nicht-Chinesische reaktionär.«

»Eines Tages werde ich das Miststück in die Mangel nehmen.«

»Deine Mutter ist sehr schön.«

»Sie war es einmal.«

»Auf dem Foto sieht sie glücklich aus mit deinem Vater.«

»Vermutlich war sie das auch. Zu schade, dass sie sich vom Tod meines Vaters nie erholt hat.«

»Deine Mutter ist ziemlich krank.«

»Sie ist todkrank. Sie will sterben. Sie hat aufgehört, ins Krankenhaus zu gehen. Ich bin ihr nicht wichtig. Sie spricht davon, mich zu verstoßen.«

»Sie war einfach nur wütend darüber, was du über deinen Vater gesagt hast. Ich bin sicher, sie meint es nicht ernst.«

»Ahorn, sie hätte mich nie in die Welt setzen sollen.«

»Wie kannst du so etwas zu deiner Mutter sagen? Du übertreibst, Wilder Ingwer.«

Sie stieß einen Seufzer aus, spielte mit dem Bilderrahmen. »Vor ein paar Tagen kam die Rote Garde und plünderte unser Haus. Sie haben Freundlich geschlagen und sein linkes Bein gebrochen.«

»Humpelt er deshalb?«

»Ja. Wenn sie das nächste Mal kommen, werden sie Freundlich aufhängen, kochen und essen.«

»Nein, das werden sie nicht.«

»O doch. Ich habe gehört, wie sie es sagten.«

Bei der Vorstellung lief es mir eiskalt den Rücken herunter. Ich erwiderte nichts.

Wilder Ingwer saß eine Weile reglos da, dann zog sie langsam das Foto aus dem Rahmen und riss ein Streichholz an.

»Was machst du da? Du willst doch nicht etwa das Foto anzünden?«

»Bleib, wo du bist.«

Sie ging in die Hocke und hielt das Foto über die Flamme. Ich holte tief Luft, wagte aber nicht, mich zu rühren. Das Abbild ihres Vaters wellte sich, wurde braun und schließlich schwarz. Dann fraßen die Flammen ihre Mutter. Wilder Ingwers Mundwinkel verzogen sich zu einem ironischen Lächeln.

Die Asche regnete auf den Betonfußboden.

»Hast du Angst, Wilder Ingwer?«, fragte ich mit dünner Stimme.

»Ich kann es mir nicht leisten, Angst zu haben.« Sie erhob sich und ging zur Spüle, packte eine Tüte mit medizinischen Kräutern aus und wusch sie.

»Was hat deine Mutter getan, bevor sie deinen Vater kennen lernte?«, fragte ich, um meine Angst nicht zu zeigen.

»Sie hat in der Shanghaier Volksoper gearbeitet. Sie war die erste Sängerin und sehr erfolgreich, bis mein Vater sie dann bei einer Aufführung sah. Sie verliebten sich und begannen ihre Reise ins Elend.«

»Wird sie wieder auftreten?«

»Natürlich nicht. Sie wird als Feind angesehen und muss durch Härte geläutert werden. Wir beide müssen geläutert werden – ›Die Tochter einer legendären Gestalt wird selbst zur Heldin, und die Tochter einer Ratte wühlt selbst im Dreck‹, wie man sagt. Interessant ist, dass ich schuldig bin und sie nicht. Mein Schicksal ist es, einen politischen Geburtsfehler zu haben. Ich habe lange gebraucht, mir das bewusst zu machen. Aber Ahorn, ich bin keine Fatalistin. Ich versuche, den vorgegebenen Lauf meines Lebens zu ändern.«

Am liebsten hätte ich ihr gesagt, dass ich das für unmöglich hielt.

»Du wirst schon sehen, Ahorn«, fuhr sie fort, als hätte sie meine Gedanken gelesen. »Eines Tages werde ich eine Revolutionärin sein. Ein maoistischer Star. Ich werde beweisen, dass ich genauso gut und vertrauenswürdig bin wie der mutigste Maoist. Das habe ich mir gelobt. Niemand wird mich daran hindern, zu werden, was ich sein will. Nicht Scharfer Pfeffer, nicht meine Mutter und auch nicht der Geist meines Vaters.«

Wilder Ingwer starrte durch das Küchenfenster auf die Betonmauer des Nachbarhauses, auf der ein riesiger lächelnder Maokopf, umkränzt von roten Strahlen, abgebildet war. Mao trug eine Armeemütze mit einem roten Stern. In der Farbe brach sich die Sonne und tauchte das Gesicht von

Wilder Ingwer in ein rotes Licht. Ihre Augen leuchteten. Sie hatte begonnen, Töpfe abzuwaschen, doch jetzt ruhten ihre Hände. Das Wasser lief weiter und füllte das Becken, bis es überlief. Sie merkte es nicht. »Niemand«, sagte sie.

Ich spürte eine große Bewunderung für sie, streckte den Arm aus und drehte den Hahn zu.

4

Der Unterricht näherte sich dem Ende. Wir hatten Maos »Über den langwierigen Krieg« behandelt. Der Lärm von anderen Klassen, die bereits entlassen wurden, drang zu uns. Wilder Ingwer gab mir mit Blicken zu verstehen, dass sie zum Loslaufen bereit sei. Bedächtig zogen wir die Riemen an unserer Schultasche fest.

Die Glocke ertönte. Ich sprang von meiner Bank auf und rannte hinaus. Wilder Ingwer folgte mir, musste sich aber zwischen ein paar Bänken durchschlängeln. Titi erwischte sie, doch Wilder Ingwer konnte sich losreißen.

»Die Reaktionäre wollen sich davonmachen!«, schrie Titi.

»Haltet sie auf!«, befahl Scharfer Pfeffer. Die Bande rannte hinter uns her. Ich lief zurück, um Wilder Ingwer zu helfen. Fäuste, Holzstöcke und ein Rechenbrett hagelten mir auf Kopf und Schultern.

»Ahorn!« Wilder Ingwer zog mich zu sich. Rücken an Rücken wehrten wir die Schläge ab und bewegten uns erfolgreich in Richtung Tor und hinaus.

Wir erreichten die Chia-Chia-Gasse. Scharfer Pfeffer und die anderen hatten uns aus den Augen verloren. Ich keuchte schwer. Wilder Ingwer humpelte.

»Was ist mit deinem Bein los?«

»Scharfer Pfeffer hat mich mit ihrem Rechenbrett erwischt. Das Miststück!«

»Mir hat sie mit dem Bleistift fast die Augen ausgestochen. Aber ich hab sie auch erwischt und ihren Bleistift durchgebrochen.«

»Sie hat damit gedroht, ihre drei Brüder zu schicken, ›die Drachen‹. Die sind brutal.«

»Ich hab von ihnen gehört. Sie arbeiten im Holzwerk Nummer sieben. Es heißt, sie hätten fünf Leute zu Tode geprügelt.«

»Wir brauchen Hilfe, Wilder Ingwer.«

»Aber woher?«

»Wir gehen zur Mittelschule Rote Fahne.«

»Kennst du da jemanden?«

»Ich weiß nicht, ob er sich an mich erinnert.«

»Wer?«

»Ein Mao-Aktivist. Letztes Jahr hat er den Mao-Lehren-Rezitationswettbewerb gewonnen. Er ist Führer der Roten Garde an seiner Schule und mein Nachbar.«

»Wie hast du ihn kennen gelernt?«

»Letzten Sonntag im Sojamilchladen. Er hatte es eilig, weil er seinen Vater im Krankenhaus besuchen wollte, aber die Schlange ging um drei Blocks. Er kam zu mir, obwohl wir nie zuvor miteinander gesprochen hatten. Er fragte mich, ob ich ihn vorlassen könnte. Ich tat es, aber die Leute hinter mir protestierten. Um sie zu beruhigen, sagte ich, er wäre mein Bruder. Und er bekam seine Milch … ich frage mich, ob er uns seinen Schutz anbieten würde.«

»Wie heißt er?«

»Immergrün.«

»Immergrün? Wie kann er es wagen! Das ist der Name der Hauptfigur in Madame Maos Oper!«

»Stimmt, und genau das habe ich ihn gefragt, wie er es wagen kann, Madame Mao zu imitieren.«

»Und, wie hat er regiert?«

»Er sagte, sie hätte *ihn* imitiert. Er hat den Namen seit seiner Geburt 1954, und Madame Maos Oper ist erst 1960 entstanden.«

»Klingt, als hätte er Charakter.«

»Interessant, nicht wahr?«

Wir fanden ihn bald. Er bemalte gerade ein Plakat mit großen Zeichen und dem Titel: »Was wir meinen, wenn wir von Loyalität sprechen«. Er war sechzehn Jahre alt, hoch gewachsen, hatte ein schmales Gesicht und hellwache Augen ohne Lidfalte. Ich wusste nicht, wie ich ihn beschreiben sollte, als Wilder Ingwer mich darum bat, und sagte nur, dass er gut aussah. Es hatte mir an Worten gefehlt, als ich über ihn nachdachte. Ich hätte sagen können, dass ich glaubte, er habe einen guten Charakter. Dass er geradeheraus war – er wusste genau, was er wollte, und scheute sich nicht, darum zu bitten. Die Nachbarn hielten ihn für »spießig«, was bedeutete, dass seine Eltern sehr strikt waren. Aber da war noch etwas, das mir an ihm auffiel. Etwas Mysteriöses und Ungewöhnliches. Er war gleichzeitig herzlich und distanziert. Seine Fähigkeit, sich auf etwas zu konzentrieren und dann unvermittelt etwas anderes zu tun, faszinierte mich. Er gab einem das Gefühl, sich gern zu unterhalten, aber die Grenzen, die er dabei zog, waren so dick wie die Chinesische Mauer. Er war athletisch, aber sehr dünn, so dass seine Muskeln sich deutlich abzeichneten. Er trug eine blaue Mao-Jacke und arbeitete gerade über einen Tischtennistisch gebeugt. Seine Kalligraphie war meisterhaft und im Stil der Song-Dynastie. Wir beobachteten ihn und warteten, bis er den letzten Strich gezogen hatte. Als sein Blick auf Wilder Ingwer fiel, legte er den Pinsel hin und lächelte sie an. Mir kam sein Lächeln seltsam vor, fast liebevoll.

Wilder Ingwer kratzte sich am Arm.

Immergrün nahm den Pinsel wieder auf und wandte sich dem Plakat zu. Er tauchte den Pinsel in ein Wasserglas, dann blickte er Wilder Ingwer erneut an.

»Störe ich dich?« Wilder Ingwer kratzte sich wieder am Arm.

»In gewisser Weise«, sagte er lächelnd.

»Was ist daran verkehrt, dir zuzusehen, wie du ein Plakat malst? Geht es dabei nicht um ein öffentliches Ereignis?«

»Warum bist du so nervös?«

»Warum siehst du mich immer wieder an?«

»Mach ich das?«

»Seh ich wie eine Reaktionärin aus?«

»›Ein gerader Baum fürchtet keine krummen Schatten.‹« Er legte den Pinsel weg und richtete sich auf. »Entschuldige. Ich bin Immergrün.«

»Hallo.«

»Und du bist hier, um dir die Plakate mit den großen Zeichen anzusehen?«

»Na ja, eigentlich nicht. Ich bin mit Ahorn hier.« Wilder Ingwer schubste mich in seine Richtung. »Sie war der Meinung, dass ihr euch kennt.«

»Ahorn! Hallo! Tut mir Leid, dass ich dich nicht gleich erkannt habe. Du siehst anders aus.«

»Das liegt an meiner Mao-Jacke. Nach jedem Waschen hat sie eine andere Farbe.«

»Letztes Mal war sie blau.«

»Und jetzt ist sie purpurrot.«

»Nächstes Mal wird sie braun sein.«

»Worauf du dich verlassen kannst … Wie geht es deinem Vater?«

»Er ist aus dem Krankenhaus entlassen worden.«

»Was hatte er denn?«

»Tuberkulose. Er hat achtundzwanzig Jahre als Bergmann gearbeitet.«

»Wird er wieder gesund?«

»Der Doktor sagt, er soll essen, worauf er Lust hat.«

»Was heißt das?«

»Dass er nicht mehr lange zu leben hat.«

»Das tut mir Leid. Wenn ich irgendwie helfen kann … Ich kann dir zum Beispiel jederzeit die Sojamilch mitbringen.« Wilder Ingwer und Immergrün starrten sich an. »Oh, ich hab euch noch gar nicht vorgestellt. Das ist Wilder Ingwer, meine Klassenkameradin und beste Freundin. Immergrün, mein Nachbar.«

»Wilder Ingwer? Ein ungewöhnlicher Name.«

»Nicht so ungewöhnlich wie Immergrün, der Name des Sekretärs der Kommunistischen Partei in Madame Maos berühmter Oper.«

»Bist du ein Opernfan?«

Diese Frage schien Wilder Ingwer nicht beantworten zu wollen.

»Nein, aber ihre Mutter«, erwiderte ich für sie. »Ihre Mutter ist Opernsängerin.«

»Meine Mutter ist ein Feind«, sagte Wilder Ingwer unverhohlen.

Ich wandte mich ihr zu. »Was soll das?«

»Ich nenne Fakten. Damit Immergrün gleich weiß, wer ich wirklich bin.«

»Aber das ist eine furchtbare Art, sich vorzustellen.«

»Ich dachte, wir wollten ihn um Hilfe bitten. Sollten wir da nicht die Wahrheit sagen?«, schoss Wilder Ingwer zurück.

»Nein, wir brauchen keine Hilfe.« Aus unerfindlichen Gründen hatte ich plötzlich meine Meinung geändert. Etwas hatte mich aufgerüttelt und meinen Stolz geweckt, ich wusste nicht, was. Aber ich konnte mich nicht bemitleiden lassen.

»Was für eine Hilfe, Ahorn?«, fragte Immergrün.

»Keine. Genau genommen zeige ich Wilder Ingwer nur ein bisschen die Gegend. Was gibt's bei dir Neues, Immergrün?«

Wilder Ingwer war verwirrt, widersprach mir aber nicht.

Immergrün schob das Plakat beiseite und sagte: »Ich bereite mich auf den bevorstehenden Rezitationswettbewerb vor. Ich will versuchen, dreihundert Seiten Mao-Zitate auswendig aufzusagen. Ich will meinen eigenen Rekord brechen.«

»Ganz schön ehrgeizig!«

»Darum geht es doch wohl, wenn man von Hingabe und Loyalität spricht.«

»Kann jeder teilnehmen?«, fragte Wilder Ingwer.

»Es ist ein öffentlicher Wettstreit.«

5

Wilder Ingwer steht draußen vor dem Fenster und ruft dich«, sagte Mutter. Es war Sonntagmorgen. Ich machte Holz klein und meine Mutter kochte. »Sie klingt bekümmert. Wo gehst du hin? Ahorn, nimm den Abfall mit.«

Ich rannte die Treppe hinunter. Wilder Ingwer kam tränenüberströmt auf mich zu. »Mutter ...«, stieß sie aus.

Es war gerade eine große Versammlung im Gange, bei der Frau Pei öffentlich denunziert wurde. An ihrer Brust hing ein Pappschild mit den Worten *Französischer Spion.* Ein Mann mittleren Alters, mit dunklem Brillengestell auf der Nase, las die Kritik laut vor. Er war spindeldürr und hatte die Gesichtszüge eines Esels. Sein Mund war wie die Kinderzeichnung eines Bootes, das über seinem Kinn segelte. Er schrie: »Nieder mit der französischen Spionin und lang lebe der Vorsitzende Mao!«

»Es ist bald vorbei«, tröstete ich Wilder Ingwer. Wir standen hinter der Menschenansammlung.

»Freundlich wird gerade im Wok gekocht«, sagte sie, ohne mich dabei anzusehen.

»In diesem Moment?« Ich war entsetzt.

»Sie haben ihn heute Morgen mitgenommen ...«

Ich breitete die Arme aus, um sie darin einzuschließen.

»Fass mich nicht an!« Sie stieß mich weg. »Die Leute gucken.«

»Ich glaube, deine Mutter wird gleich ohnmächtig«, sagte ich.

»Genau das will der Mann. Er will sie leiden sehen.«

»Wer ist er?«

»Herr Choo, ein früherer Bewunderer meiner Mutter. Er ist Buchhalter auf dem Fischmarkt. Vor sechzehn Jahren hat er sie an meinen Vater verloren.«

»Woher weißt du das?«

»Ich habe seine Liebesbriefe an Mutter gelesen. Ich habe alle Briefe an meine Mutter gelesen, einschließlich die meines Vaters. Die habe ich natürlich nicht verstanden, sie waren in Französisch.«

»Wo sind die Briefe?«

»Weg.«

»Du hast sie verbrannt?«

»Sie waren widerlich.«

»Weiß deine Mutter das?«

Wilder Ingwer setzte sich kopfschüttelnd auf den Boden. Frau Pei schien auf der behelfsmäßigen Bühne in Ohnmacht gefallen zu sein. Sie saß reglos über einen Stuhl gebeugt da. Der Organisator meinte jedoch, sie »stelle sich tot«, und befahl, dass weitergemacht wurde.

Herr Choo fuhr mit seiner Rede fort.

Die Menschenmenge sah zu.

Wilder Ingwer schloss die Augen und vergrub das Gesicht in den Händen.

Die Sonne brannte vom Himmel. Mir schwirrte der Kopf.

»Komm, wir gehen«, sagte ich zu Wilder Ingwer.

»Ich wünschte, sie wäre tot. Ich wünschte, ich wäre tot«, murmelte Wilder Ingwer.

Als Strafe wurde Frau Pei auferlegt, die Straßen des Viertels zu kehren. In den ersten Wochen schleppte sie ihren kranken Körper umher und befolgte die Anordnung. Um vier Uhr morgens stand sie auf und kehrte bis Sonnenaufgang. Als sie dann zu krank wurde, um überhaupt noch aufzustehen, übernahm Wilder Ingwer die Arbeit.

Ich erfuhr erst davon, als ich eines frühen Morgens vom Miauen einer Katze erwachte, ein Fenster öffnete und das Fegen hörte. Es war noch dunkel. Die Straßenlaternen tauchten die Baumstämme in orangefarbenes Licht. In der Ferne war das Pfeifen einer Dampfmaschine zu hören. Der Wind riss die alten Plakate von den Wänden. Papier schürfte über den Zementboden und war weithin hörbar, als ob Schuhe ganz allein umhergingen. Plötzlich entdeckte ich eine bekannte Gestalt mit einem Besen in der Hand.

Ich weiß nicht, wie lange ich am Fenster stand. Langsam wurde es hell. Ich hörte die Marschschritte von Soldaten der Shanghaier Garnison. Ihre Baracken lagen ungefähr anderthalb Kilometer von unserer Straße entfernt. Ihre Schritte klangen harsch, wie harte Bürsten, die einen Wok scheuern.

Erst als meine Mutter mich fragte, warum ich so früh aufgestanden sei, merkte ich, dass sie in der Tür stand.

»Wilder Ingwer kehrt die Straße für ihre Mutter.«

Mutter trat hinter mich und sah aus dem Fenster. Sie seufzte tief.

Ich schloss das Fenster und ging, um mich anzuziehen.

»Wohin gehst du?«, fragte Mutter.

»Mama, darf ich den Besen mitnehmen?«

»Solche Arbeit machen … Feinde«, warnte sie. »Pass auf, dass du keine Schwierigkeiten bekommst.«

Sie trug einen Mundschutz aus Stoff, ihre Armeestiefel und die ausgefranste indigoblaue Segeltuchjacke ihrer Mutter, die an beiden Ärmeln je zwei Mal mit Stoffresten verlängert war. Ich näherte mich ihr langsam. Sie fegte den Dreck zusammen, kehrte ihn in einen Sack und trug ihn zum Abfalleimer. Sie hob den Deckel hoch und warf den Dreck hinein. Dann legte sie den Besen hin, ging zu einem alten Brunnen und sah hinein.

»Wilder Ingwer«, rief ich.

Sie drehte sich um. Ihre Augen sagten: Was machst du hier? Dann sah sie den Besen in meiner Hand und verstand. Sie nahm den Mundschutz ab. »Das hier geht dich nichts an, Ahorn.«

»Du schaffst niemals allein alle Straßen vor der Schule.«

»Geh nach Hause, bitte.«

»Warum guckst du in den Brunnen?«

»Ich muss eine tote Katze herausfischen.«

»Eine tote was?«

»Katze, eine Katze.«

»Ist sie ertrunken?«

»Das hat sich ein Aktivist einfallen lassen, um meiner Mutter das Leben schwer zu machen. So können sie behaupten, Mutter hätte ihre Arbeit nicht richtig gemacht, und sie noch mehr quälen.«

»Und wenn du sie einfach drin lässt?«

»Dann verwest sie und stinkt.«

»Aber das ist nicht deine Schuld.«

»Ich habe dir doch schon gesagt, Mutter kann sich nicht selbst verteidigen.«

Mit zwei Besen, die wir wie zwei riesige Essstäbchen benutzten, fischten wir schließlich die tote Katze aus dem Brunnen. Nachdem wir sie in die Abfalltonne geworfen hatten, fuhr Wilder Ingwer fort, die Straße zu kehren. Ich ging ans andere Ende. Ich kehrte schnell. Mit meinem ganzen Körper beteiligte ich mich am Wettrennen gegen das anbrechende Tageslicht. Schon bald schmerzten meine Arme, und an den Händen hatte ich Blasen. Meine Schuhe waren ganz feucht vom Frühnebel. Schließlich trafen Wilder Ingwer und ich uns in der Mitte. Es war sechs Uhr dreißig. Die Sonne ging auf.

»Bis gleich in der Schule«, sagte ich.

Sie nickte und wandte sich ab.

Jeden Morgen bei Anbruch der Dämmerung verließ ich das Haus. Es war für uns die düsterste Zeit des Tages. Wilder Ingwer wies meine Hilfe nicht länger zurück. In der Schule klebten wir zusammen wie ein Mensch und sein Schatten. Für Scharfer Pfeffer bildeten wir eine Zweierbande. Sie hatte aufgehört, Wilder Ingwer und mich zu attackieren. Ich konnte kaum glauben, dass Scharfer Pfeffer ihre blutrünstigen Brüder noch nicht auf uns gehetzt hatte. Wahrscheinlich konnten sie nicht täglich zur Schule kommen und sich prügeln. Scharfer Pfeffer hatte begriffen, dass Wilder Ingwer so verzweifelt war, dass sie ihr Leben riskieren würde, nur um sich einen Moment lang als Siegerin fühlen zu können.

6

Die Nachricht von der amerikanischen Invasion in Vietnam war in aller Munde. Mao, der darin eine Bedrohung Chinas sah, forderte, dass »die ganze Nation zu den Waffen greift. Jeder Volksgenosse ein Soldat!« Innerhalb einer Woche verwandelte sich unsere Schule in ein Kriegslager. Alle Klassen erhielten militärisches Training von den Ausbildern der Volksbefreiungsarmee. Wir lernten Ringen und das Zustechen mit dem Bajonett. Um unsere Kräfte zu stärken, musste die gesamte Schule eine einmonatige Wanderung, genannt »der Neue Lange Marsch«, machen. Acht Stunden am Tag sollten wir mit schwerem Gepäck in der Umgebung von Shanghai durch Orte wie Xinzhuang, Pingzhuang, Lihu und Minghang marschieren, mit einer Fähre den Fluss Huangpu überqueren und dann die ländliche Gegend von Fengxian durchwandern.

Unser Gepäck bestand aus einem dreißig Pfund schweren Bündel aus Decken und anderen notwendigen Dingen für einen Monat. Als wir schließlich Xinzhuang erreichten, hatten viele von uns Blasen an Füßen und Schultern und starke Rücken- und Nackenschmerzen. Der Armeeausbilder zeigte uns, wie wir die Blasen behandeln mussten. Bei jeder Ruhepause setzte ich mich hin, holte meine Nadel heraus, hob den Fuß und durchstach die Blasen. Dann riss ich mir ein Haar raus, fädelte es durch die offene Blase und verknotete es, damit die Flüssigkeit herausfließen und die Blase austrocknen konnte. Meine Füße waren bald voller moskitoartiger Haarknoten.

Nachdem wir die städtische Umgebung hinter uns gelassen hatten, kamen wir in ländliche Gegenden, waren aber zu erschöpft, um sie genießen zu können. Wir wanderten vorbei an Reisfeldern, Bauernhöfen und Tierställen und sehnten uns nach der nächsten Rast.

Das Bündel auf unseren Schultern wurde immer schwerer. Scharfer Pfeffer stimmte ein Lied an, um die Stimmung zu heben, aber niemand außer Wilder Ingwer schloss sich ihr an.

Wilder Ingwer ging hinter mir. Es war das erste Mal, dass wir an einer Gruppenaktivität teilnehmen durften. Maos neue Lehre kam uns zugute: »Um unsere Streitmacht zu vergrößern, müssen wir uns mit Leuten schlechter Herkunft zusammentun, also auch mit den Kindern der Denunzierten.« Wilder Ingwer war begeistert. Laut sang sie: »Der Himmel ist groß, aber nicht so groß wie die Macht der Kommunistischen Partei …«

Am Abend legten wir eine Ruhepause ein. In einem Dorf namens Yichun machte die ganze Schule Halt. Den Bauern war von den örtlichen Parteibossen befohlen worden, uns Zimmer zur Übernachtung zur Verfügung zu stellen. Unserer Klasse wurde ein Sargzimmer zugewiesen. Der leere Sarg darin war für den Urgroßvater der Familie bestimmt. Es galt als Segen, wenn ein Mann vor dem Tod seinen Sarg sehen konnte. Scharfer Pfeffer fürchtete sich vor dem Sarg und wählte einen Platz am anderen Ende des Zimmers. Wilder Ingwer breitete ihre Sachen direkt am Sarg aus, und ich legte mich neben sie. Noch während des Auspackens ertönte eine Pfeife. Wir wurden beordert, Yecai – grasartiges Wildgemüse – fürs Abendessen zu sammeln. Während Maos Langem Marsch 1934 war Yecai das Nahrungsmittel der Roten Armee gewesen. Dessen bitterer Geschmack sollte unsere Bewunderung für Mao noch vergrößern.

Wilder Ingwer und ich bildeten eine Zweiergruppe. Auf halbem Weg zur Westseite eines Kornfeldes bemerkten wir einen seltsamen Duft. Als wir ihm folgten, trafen wir auf eine Einfriedung voller dickblättriger Pflanzen mit winzigen gelben Blüten an der Spitze: Yecai. Die Sonne ging langsam unter. Wir waren ganz allein an dieser Stelle, und unsere Taschen füllten sich schnell.

Die strohgedeckten Bauernhäuser wurden von der goldenen Sonne in orangefarbenes Licht getaucht. Die großen, ölhaltigen Pflanzen bogen sich schwer zur Erde. Der Duft des Yecai hing schwer in der Luft. Wilder Ingwer und ich beschlossen, eine Pause einzulegen. Wir legten unsere Taschen beiseite, setzten uns und genossen den Duft. Innerhalb weniger Minuten wurde es dunkel, und die Sterne leuchteten.

»Sieh dir mal den Mond an.« Wilder Ingwer zeigte zum Himmel. »Wie ein schuldbewusstes Gesicht verbirgt er sich ständig hinter vorbeiziehenden Wolken.«

»Ein Gesicht? Wessen Gesicht?«

»Das meines Vaters«, kicherte sie.

»Ich finde nicht, dass das Gesicht schuldbewusst aussieht«, sagte ich. »Mir kommt es eher traurig vor.«

»Traurig? Zu schade, dass der Mond nichts dazu sagen kann.«

»Die Luft duftet süß.«

»Hier ist es so still.«

»Ist dir nicht auch danach, die Stille zu brechen?«

»Hast du Lust zu singen?«

»Ich habe keine schöne Stimme.«

»Wen juckt das schon!«

»Mich. Ich hätte gern so eine schöne Stimme wie du.«

»Weißt du, was meine Mutter sagt? ›Der Franzose hatte eine schöne Stimme.‹«

»Meinst du deinen Vater?«

»Meine Mutter hat mir erzählt, dass er gern das Licht löschte, um im Dunkeln zu singen.«

»Hast du selbst deinen Vater jemals singen hören?«

»Ich erinnere mich jedenfalls nicht daran. Meine Mutter behauptet es aber. Sie hat mir seine Lieder vorgesungen. Sie will, dass ich ihn in Erinnerung behalte. Aber wer will sich schon an einen Reaktionär erinnern?«

»Und wie ist deine Stimme?«

»Ich singe nicht schlecht … Na ja, eigentlich singe ich unheimlich gern.«

»Würdest du mir etwas vorsingen?«

»Natürlich nicht.«

»Du hast mir gezeigt, wie dein Vater aussah, und wenn du jetzt singst, bekomme ich vielleicht eine Vorstellung von seiner Stimme.«

»Ich muss gehen, Ahorn. Ich muss dringend aufs Klo. Aber hier gibt's keins.«

»Hock dich einfach irgendwo hin. Mach's wie die Bauern.«

Wilder Ingwer streifte eine Weile umher, dann verlor ich sie aus den Augen .

Ich legte mich auf den Rücken. Die Nacht war dunkel und weit. Ich dachte an meinen Vater. Er fehlte mir sehr. Während ich mit meinen Gedanken woanders war, verflüchtigte sich die Süße der Luft. Ich fühlte mich unbehaglich. Mir war, als verwandele sich der Himmel in eine große Hand, die mir aufs Gesicht drückte. Eine unbeschreibliche Angst stieg in mir auf. Ich sorgte mich um meine Zukunft. Ich dachte über das Wort

»Flucht« nach. Ich wollte der Schule und meiner Familie entfliehen. Ich wollte Maoistin sein. Mir war klar, dass das der einzige Weg in eine gute Zukunft war. Man musste Maoist sein, um Arbeit zu bekommen. Andererseits verwirrte mich die Vorstellung. Ich war nicht sicher, ob ich als Maoistin glücklich wäre. Dem Ende der Schulzeit sah ich bange entgegen. Meine Zukunft erschien mir nicht so glänzend, wie der Vorsitzende Mao es versprach. Vielleicht war es der tägliche Hunger und das Elend, das mir so zu schaffen machten. Und mein Vater. Wie er behandelt wurde. Meine Familie hat sich nie für die Kulturrevolution begeistert. Alle meine Geschwister galten als politisch kurzsichtig. Ich wusste nicht, wo das alles hinführen sollte. Jedenfalls hatte Immergrüns Sieg beim Rezitationswettbewerb der Mao-Zitate Wilder Ingwer weit mehr beeindruckt als mich.

Ich hörte jemanden singen. Einen Moment lang war ich davon überzeugt, es mir einzubilden. Die Stimme klang seidig, rein und durchdringend. Sie sang in einer fremden Sprache. Die Fremdartigkeit ergriff mich. Wilder Ingwer. Was sang sie? Auf Französisch? Es klang, als kenne sie die Sprache. Aber ich wusste, dass sie sie nicht kannte.

Das Singen dauerte eine Weile, dann hörte es auf. Wilder Ingwer kam zurück.

»War es komisch?«

»Mir hat's gefallen. Sehr sogar.«

»Das ist ein Spionagecode«, zog sie mich auf.

»Warum singst du es dann?«

»Um dir zu zeigen, womit meine Mutter mir die Ohren gefüllt hat, obwohl sie nach der Revolution damit aufhörte.«

»Worum geht es in den Liedern?«

»Ich habe keine Ahnung.«

»Du lügst. Deine Mutter hat es dir sicher erklärt.«

»Also gut, das stimmt. Sie sagt, sie handeln von Liebe. Die Texte sind widerwärtig und verderblich.«

»Ich finde sie wunderschön.«

»Sei nicht albern, Ahorn.«

»Wirklich. Sie zeigen, wie sehr du deinen Vater vermisst.«

»Du kennst kein Wort Französisch.«

»Du auch nicht.«

»Und warum glaubst du, dass er mir fehlt?«

»Deine Stimme.«

Sie erwiderte nichts, schien überrascht.

»Deine Stimme gefällt mir wirklich«, fuhr ich fort.

»Sie würde dir noch besser gefallen, wenn ich ›Ich vermisse den Vorsitzenden Mao‹ singen würde. Ich klinge so gut wie das Radio.«

Noch bevor ich ihr sagen konnte, dass mich das Lied langweilte, weil es ständig im Radio und auf Festen gespielt wurde, wandte sie sich zum Feld und sang mit lauter Stimme:

Ich hebe meinen Kopf, um den Großen Bär zu sehen.
Ich vermisse dich, Vorsitzender Mao.
Im Kampf sehne ich mich nach dir,
Der Gedanke an dich erhellt das Dunkel,
Der Gedanke an dich gibt mir Kraft.
Ich schulde dir mein Leben.
Ich schulde dir mein Glück.

Weit draußen über den Feldern leuchtete der Mond. Sein weißes, stilles Licht ergoss sich über das Getreide.

Zum Abendessen gab es Yecai. Es wurde im Wok gekocht und mit gelbbraunem Wildreis vermischt. Es hatte die Farbe von Dung. Viele von uns übergaben sich, noch bevor sie davon gegessen hatten. Eine Stunde nach dem Essen herrschte im Zimmer mit dem Nachttopf großes Gedränge.

»Wilder Ingwer, ich glaube, das französische Lied gefällt mir besser«, flüsterte ich ihr zu, als wir im Bett lagen und das Licht aus war. »Besonders seit du mir erzählt hast, dass dein Vater es gesungen hat.«

»Ahorn, bitte, sprich nicht über den französischen Geist.«

»Aber es hilft mir, gegen den Brechreiz anzukämpfen.«

»Von jetzt an kannst du über alles reden, aber nicht über den Geist.«

»Der Geist ist in deiner eigenen Stimme, Wilder Ingwer. Aber ich ziehe es vor, eine Fee darin zu sehen.«

Sie drehte sich um und warf mir eine Hand voll Weizen ins Gesicht, den sie vom Feld mitgebracht hatte. Nach einer Weile sagte sie: »Nur zu deiner Information, ich habe ein enorm gutes Gedächtnis. Meine Augen behalten alles, was sie sehen.«

»Nun, dann solltest du dieses Talent auch nutzen.«

»Ich arbeite daran. Soll ich dir ein Geheimnis verraten? Ich beabsichtige, Immergrün die Meisterschaft abzujagen.«

»Du meinst beim Rezitationswettbewerb?«

»Überrascht dich das?«

»Du hast dir viel vorgenommen.«

»Du wirst schon sehen.«

»Ruhe!« Das war Scharfer Pfeffer. »Wir wünschen dem Vorsitzenden Mao eine gute Nacht und ein langes, langes Leben.«

»Seite einhunderteins, Band vier, ›Der amerikanische Imperialismus ist ein Papiertiger ...‹.« Um Mitternacht wurde ich von Wilder Ingwers Stimme geweckt. Sie rezitierte Mao laut im Traum.

7

Das Zirpen der Zikaden durchdrang die Mittagshitze. Ich saß im Klassenzimmer und machte mir Sorgen um Wilder Ingwer. Sie war nicht in die Schule gekommen. Ich beschloss, sie nach dem Unterricht zu besuchen. Wahrscheinlich lernt sie für den Rezitationswettbewerb, dachte ich.

Als ich von der Chia-Chia-Gasse in ihre Straße einbog, sah ich, dass die Tür ihres Hauses weit offen stand. Frau Peis Topfpflanzen lagen kaputt über den ganzen Hof verstreut. Fremde gingen im Haus ein und aus. Eine Gruppe Männer trug Gegenstände heraus – Woks, Kissen, Küchengeschirr und Toilettenpapier. Sie luden die Sachen auf Dreiräder und fuhren davon. Ich ging näher heran. Keiner von ihnen kam mir bekannt vor. Sie trugen Armbinden der Roten Garde und sprachen Mandarin mit einem nördlichen Akzent. »Geh aus dem Weg!«, schrie einer mich an. Ich trat zur Seite und entdeckte meinen Nachbarn, Einäugiger Großvater, ein pensionierter Veteran, der an der Ecke stand und das Ganze beobachtete. Er war einundachtzig Jahre alt. Sein linkes Auge hatte er durch das Bajonett eines Japaners im Krieg verloren. Normalerweise spazierte er den ganzen Tag nur im Viertel herum.

»Was ist hier los, Großvater?« Ich ging zu ihm hin.

»Halt dich da raus, Kind.«

»Ich bin Wilder Ingwers Freundin.«

»Oje, Wilder Ingwer. Armes Mädchen. *Zuonieya!* Buddha im Himmel, mögen sich deine Augen öffnen.«

»Ich muss wissen, was hier vor sich geht, Großvater. Bitte

sag es mir. Mögest du lange leben. Möge der Vorsitzende Mao dir Glück bescheren.«

»Ist das noch wichtig? Ich bin es müde zu leben, vor allem müde zu sehen«, murmelte er. »Es ist ein Brief aus Frankreich gekommen, adressiert an Frau Pei. Aber die Post hat ihn abgefangen und den Behörden übergeben. Daraufhin wurde Frau Pei verhaftet und in Gewahrsam genommen.«

»Worum ging es in dem Brief?«

»Was weiß ich! Wahrscheinlich hat Frau Pei ihn nicht einmal lesen dürfen. Vermutlich ist er von den Großeltern. Es ist doch nur natürlich, dass sie wissen wollen, wie es ihrer Enkelin geht.«

»Wo ist Wilder Ingwer?«

»Ich hab sie nicht gesehen. Wahrscheinlich versteckt sie sich irgendwo. Sie hat sich so lange gegen die Fremden gewehrt, bis die sie rausgeschmissen haben.«

»Wer sind diese Leute?«

»Schläger in Mao-Jacken.«

»Woher kommen sie?«

»Keine Ahnung. Ich weiß nur, dass es die vierte Horde ist. Die erste war von der örtlichen Behörde geschickt worden. Sie nahm Bücher, Briefe und Fotoalben an sich. Die zweite – vom Opernhaus – nahm Kleidung und Möbel mit. Die dritte Horde war aus dem Außenbezirk. Sie nahm Lebensmittel, Kohlen und Decken mit. Und jetzt kann jedermann kommen.«

Erst am Abend entdeckte ich die große, schlangenartige Gestalt in der Astkrümmung des Feigenbaumes. Es war meine Freundin. »Wilder Ingwer!«, rief ich laut.

Sie antwortete nicht. Ihren Kopf versteckte sie in den Blättern.

»Wilder Ingwer, was machst du da oben?«

»Ich warte auf meine Mutter.«

»Hast du … hast du was gegessen?«

»Ich hab keinen Hunger.«

»Komm herunter. Komm mit mir nach Hause.«

»Lass mich in Ruhe.«

»Komm schon. Du willst doch sicher nicht, dass ich dich runterhole. Du weißt, wie schlecht ich klettern kann.«

Schließlich kam sie langsam herunter, anscheinend völlig kraftlos.

»Wilder Ingwer!«

»Es geht schon, Ahorn«, stieß sie hervor.

Ich streckte die Arme aus, um ihr zu helfen.

»Mir ist schwindlig, Ahorn. Mein Kopf … verdammt.« Noch bevor sie den Satz beendet hatte, fiel ihr Körper mir entgegen wie eine weiche Nudel. In meinen Armen wurde sie ohnmächtig. Mit aller Kraft hielt ich sie fest und lehnte sie an den Baumstamm. Ich drehte mich um, ging halb in die Hocke und ließ sie auf meinen Rücken gleiten. Langsam richtete ich mich auf und schleppte sie mit mir nach Hause.

»Buddha im Himmel, mögen sich deine Augen öffnen!«, hörte ich Einäugiger Großvater hinter mir seufzen.

Wilder Ingwer erwachte. Sie lag auf dem Fußboden – unserem Familienbett. Mutter flößte ihr eine Tasse Wasser ein, während meine Geschwister ihre Gliedmaßen mit heißen Tüchern abrieben.

Wilder Ingwer versuchte sich aufzusetzen, aber Mutter hinderte sie daran. »Du bist zu schwach. Schlaf weiter, wenn du kannst.«

»Ich kann nicht.«

»Aber Kind, du musst. Deine Mutter würde es so wollen. Ich behandle dich so, wie ich Ahorn behandeln würde.«

Wilder Ingwer legte sich wieder hin.

»Ahorn« – Mutter reichte mir einen Brief, als sie aufstand, um den Tisch abzuwischen – »von deinem Vater. Er schreibt, er darf erst zum Neujahrsfest zurückkommen.«

Ich war sehr enttäuscht. Aber es war nicht das erste Mal, dass ich so enttäuscht wurde. Ich rief mir die Worte meines Vaters in Erinnerung, der mich gelehrt hatte, positiv zu denken. »Wilder Ingwer kann also bei uns bleiben. Sie kann auf Vaters Platz schlafen.«

Mutter zog mich beiseite und flüsterte: »Wir haben nichts mehr zu essen. Ich habe schon alles verkauft. Ich hatte gehofft, dein Vater …«

»Mama, wir essen einfach weiter nur eine Mahlzeit am Tag und trinken Wasser, wenn wir Hunger haben. Ich geh zum Markt und sehe in den Abfalleimern nach. Dienstags habe ich immer Glück, dann sind neue Arbeiter da, die das Gemüse nachlässig verarbeiten. Sie schmeißen immer eine Menge halb verrotteter Blätter weg, die noch essbar sind!«

»Also, ich weiß nicht. Dein kleiner Bruder hat eine Blasenentzündung. Die Krankenhausrechnung hat meinen ganzen Monatslohn gekostet und das Geld, das ich von deiner Tante geliehen habe. Deine Großmutter weigert sich, uns zu besuchen, weil sie weiß, dass wir uns keinen weiteren Esser leisten können.«

»Wie viele Yuan haben wir denn noch?«

»Sechs.«

»Der Monat hat noch sieben Tage. Sechs Yuan sind 60 Jiao

geteilt durch … das sind fünfundachtzig Fen pro Tag. Ich versuche, damit auszukommen. Vierundzwanzig Fen für Nudeln, zwanzig Fen für Reis, vierzehn Fen für Kürbisse, drei Fen für Gemüse, drei Fen für Sojabohnen …«

»Willst du Ameisen füttern?« Mutter schüttelte den Kopf.

Ich redete weiter. »Einen Fen für Zwiebeln, und wir haben noch zwanzig Fen übrig für Fleisch, Mama!«

»Zwanzig Fen für Fleisch?« Mutter lachte bitter. »Das wird dünn sein wie Papier.«

Draußen war es dunkel geworden. Mutter drängte uns zu schlafen. Wir lagen alle nebeneinander, Wilder Ingwer zwischen mir und meiner jüngeren Schwester.

Kurz vor Mitternacht wurde ich durch Wilder Ingwer wach. »Sagst du wieder Mao-Zitate auf?«, fragte ich. Sie antwortete nicht, sondern fuhr fort: »… Die Reaktionäre müssen wir gnadenlos angreifen, wir dürfen sie nicht als Menschen sehen, sondern als Wölfe, Schlangen und Heuschrecken. Sie oder wir …« Ihre Augen waren fest geschlossen.

Ich zwickte sie sanft in die Nase. Sie hörte auf zu rezitieren. Ich versuchte, wieder einzuschlafen. Das Mondlicht malte das Zimmer blau. Alles war sichtbar. Die Mao-Statue meines Bruders stand oben auf dem Schrank. Das Mao-Porträt starrte mich von der Wand herab an. In jeder Ecke des Hauses hatten wir Mao-Sachen. Insgesamt neun Porträts. Maos Abbild befand sich auf Buchdeckeln, auf Schränken, Laken, Fenstern, Handtüchern, Tellern, Tassen, Behältern und Schüsseln. Mir reichte es allmählich, die ganze Zeit Mao anzustarren und von ihm angestarrt zu werden. Aber ich wagte nicht, mich zu beschweren. Mutter hatte mich die uralte Weisheit gelehrt:

»Unheil kommt von deiner Zunge.« Das traf besonders auf die heutige Zeit zu. Jeder Nachbar konnte ein Wachhund für die Regierung sein. Wenn wir keine Mao-Porträts an der Wand gehabt hätten, wären wir für Mao-Gegner gehalten worden. Ich erinnere mich, dass Mutter einmal ein buntes Bild mit Kindern, die in einem Teich voller Lotosblumen mit grünen Blättern und rosa Blüten spielten, an die Wand gehängt hatte. Irgendwann war es verschwunden, und ich fragte Mutter danach, aber sie gab mir eine ausweichende Antwort.

Mein Blick fiel auf den Boden, wo der Brief meines Vaters lag. Mutter hatte ihn wieder und wieder gelesen. Ich stellte mir vor, was mein Vater gerade tat. Er sehnte sich nach uns. Er büßte dafür, dass er kein Blatt vor den Mund genommen hatte. Er war Lehrer für chinesische Geschichte. Der Parteisekretär seiner Arbeitseinhcit hatte der Behörde berichtet, seine Ansichten widersprächen Maos Lehren. Daraufhin wurde er sofort als »gefährlicher Denker« bezeichnet und ins Arbeitslager geschickt. Sein Lohn von monatlich neunundsechzig Yuan wurde auf fünfzehn Yuan gekürzt. Dreizehn Yuan schickte er jeden Monat nach Hause.

Was er wohl aß? Yecai? Ich stellte mir vor, dass mein Vater jetzt dünner war. Er war ein guter Vater mit einem herrlichen Sinn für Humor. In seinen Briefen hatte er sich selbst als »einen Phönix, dem man die Federn gerupft hat und der nun hässlicher aussieht als ein Huhn, aber trotzdem noch ein Phönix ist«, beschrieben. Meine Mutter war von ihrem Wesen her das ganze Gegenteil. Sie machte sich ständig Sorgen und bezeichnete sich selbst als »kopflose Fliege«.

Wilder Ingwer umklammerte im Schlaf meinen Arm. Ich versuchte, ihre Finger zu lockern, aber sie drückte nur noch fester zu. Es war, als wäre sie am Ertrinken, denn ihr Griff hatte etwas Verzweifeltes. Was sie wohl träumte? Siegerin des Mao-Lehren-Rezitationswettbewerbs zu sein?

Wilder Ingwer war besessen davon, Maoistin zu werden. War sie so stark, wie sie glaubte? Ich bezweifelte, dass sie ihren Vater wirklich hasste, weil dann sein Bild nicht so lebendig in ihrem Kopf gewesen wäre. In ihren Gedanken atmete er nicht nur, er sang sogar. Sie musste ihn jeden Tag verdammen, um ihn von sich wegzustoßen. Hätte sie ihn gehasst, hätte sie nicht mehr über ihn geredet. Sie hätte nicht so verletzt reagiert, wenn ihre Mutter seinen Namen erwähnte; es war eher, als würde Salz in eine frische Wunde gestreut. Sie hätte seine Lieder nicht auswendig gekannt, auf Französisch, in seiner Muttersprache. Als wäre es das Natürlichste auf der Welt. Vielleicht lautete die Wahrheit ganz anders. Vielleicht liebte sie ihren Vater so sehr, dass sie sich für diese Liebe bestrafte.

Ob sie gerade von ihm träumte? Was er in ihrem Traum wohl tat? Brachte er Antiquitäten nach Hause? Sie hatte mir einmal erzählt, dass er Antiquitäten sammelte. Sie erinnerte sich noch daran, dass er einmal einen hölzernen Ball mit neunundneunzig eingeschnitzten Drachen mit nach Hause gebracht hatte, den sie dann versehentlich zerbrach. Er wollte ihr daraufhin den Hintern versohlen, ließ die Hand jedoch sinken, als sie sich vor ihn hinwarf und seine Knie umklammerte. Sie erinnerte sich an den Abschied von ihm im Krankenhaus. Niemand hatte ihr gesagt, dass er sterben würde. Er sprach französisch mit ihrer Mutter, und sie erinnerte sich, dass ihre Mutter immer nur nickte, unfähig, etwas zu sagen. Sie versuchte herauszufinden, worüber sie sprachen, aber es war unmöglich. Schließlich hatte ihr Vater sich ihr zugewandt. Er lächelte, doch sie sah die Tränen in seinen Augen. Er sagte nicht auf Wiedersehen. Er konnte es nicht. Ihre Mutter nahm sie nicht mit auf die Beerdigung. Ihr Vater verschwand einfach. Plötzlich und für immer. Sie erinnerte sich, Witze gemacht zu haben, als man ihr sagte, er sei tot. »Und die Antiquitäten? Erwartet er jetzt von mir, dass ich mich darum kümmere?« Als es später hieß, er sei ein Spion gewesen, glaubte sie es gern, denn sie dachte, er hätte sie verlassen.

Die Luft kühlte ab, blieb aber stickig. Das Laken, das sie alle bedeckte, sah aus, als würde es auf einem Meer schwimmen. Der Widerschein des Mondes malte einen fließenden Pfad auf die Wellen. Nach Mitternacht kam Wind auf. Mondlicht fiel durchs Fenster und bedeckte das Gesicht von Wilder Ingwer wie ein Schleier.

8

Von Einäugiger Großvater erfuhr Wilder Ingwer, dass die Plünderer verschwunden waren. Sie ging zum Haus zurück, um nach ihrer Mutter zu sehen. Wir wollten uns später in der Schule treffen, doch als die Klingel ertönte, war sie nicht da. Ich sah immer wieder zur Tür. Schließlich kam Wilder Ingwer herein. Sie sah krank aus. Ihre Haare waren zerzaust. Sie ging zu ihrem Platz, Schultasche und Rechenbrett trug sie wie eine schwere Last. Sie setzte sich und packte geistesabwesend Bücher und Bleistiftkästchen aus. Die Klasse befasste sich gerade mit Frau Chengs Rechenaufgabe auf dem riesigen Rechenbrett an der Tafel. Ich versuchte, Blickkontakt mit Wilder Ingwer aufzunehmen, doch sie sah nicht in meine Richtung. Sie starrte auf Frau Chengs Rechenbrett und übte die Aufgabe allein. Das Geräusch der auf dem Rechenbrett hin- und hergeschobenen Kugeln erfüllte den Raum. Kurz vor Ende der Stunde fragte Frau Chen, ob jemand die Lösung herausgefunden hätte. Wilder Ingwer hob die Hand. Sie wurde aufgerufen. Ihre Antwort war korrekt, doch ihre Stimme klang wie erstickt.

»Ist mit dir alles in Ordnung, Wilder Ingwer?«, fragte Frau Chen.

Wider Ingwer nickte, setzte sich schnell wieder hin und vergrub ihr Gesicht im Schulheft. Es entging mir nicht, dass sie mit den Tränen kämpfte.

Als die Klasse entlassen wurde, warf sie sich die Schultasche über die Schulter und lief hinaus zum Tor. »Wilder Ingwer!« Ich rannte hinter ihr her. Sie war schnell wie ein Pfeil. Um mir zu entkommen, bahnte sie sich einen Weg durch die Büsche. Ich spürte, dass etwas Schlimmes passiert war.

Ich folgte ihr. Schließlich stolperte sie über einen Bordstein und fiel hin. Als ich sie erreichte, wandte sie ihr Gesicht ab und schrie wütend: »Geh weg, Ahorn!«

»Behandele mich nicht wie einen Feind.« Ich zog sie in eine ruhige Nebenstraße hinter einer Müllsammelstelle. »Wir haben nur uns selbst als Verbündete.«

»Lass mich in Ruhe!«

»Erst wenn ich weiß, was passiert ist.«

Sie stieß mich fort. Als sie sah, dass ich entschlossen war zu bleiben, holte sie ihr Bleistiftkästchen heraus. Sie zitterte am ganzen Körper und keuchte: »Wenn du mich nicht in Ruhe lässt …« Sie öffnete das Kästchen und holte einen Bleistift heraus. Dann hockte sie sich mit dem Rücken an die Mauer. Plötzlich legte sie die linke Hand aufs Knie und stach zu.

Die Bleistiftspitze brach in ihrem Handrücken ab.

»Wilder Ingwer!«

Als spürte sie nichts, tat sie es noch einmal.

Ich war entsetzt.

Sie legte den zerbrochenen Bleistift zurück in das Kästchen und holte das Messer zum Spitzen heraus.

»Hör auf! Ich gehe! Leg das Messer weg!« Schritt für Schritt ging ich rückwärts zum Anfang der Straße. Mein Kopf war wie leergefegt. Ich sah Blut von Wilder Ingwers Hand auf ihre Hose und Schuhe tropfen. Entsetzen überwältigte mich. Plötzlich verspürte ich Angst.

Sie blickte in meine Richtung, aber sie sah mich nicht. Ihr Blick sagte mir, dass sie in einer anderen Welt war oder bald sein würde. Sie schien furchtlos. Ich erinnerte mich, wie meine Mutter das Verrücktwerden beschrieben hatte: »Ein Gedanke hat sich im Nervenbündel verknotet.«

»Geh weiter, Ahorn!«, schrie Wilder Ingwer.

Ich wandte mich um und ging. Meine Beine fühlten sich fremd an. Als ich den Anfang der Straße erreichte, spürte ich plötzlich im Bauch einen stechenden Schmerz. Es war, als hätte ein stumpfes Messer meine Haut aufgeritzt. Ich blieb stehen und drehte mich um. Ich rannte zu ihr zurück. Mein Kopf war jetzt voller Gedanken, die alle auf einen Punkt zujagten, wo es keine Vernunft mehr gab. »Stich mich, Wilder Ingwer! Stich mich, du Teufel!« Ich stürzte mich auf sie.

Fuchsteufelswild hob Wilder Ingwer ihr Rechenbrett und knallte es auf die Mülltonne. Während die Kugeln überall umherrollten, stand sie auf und packte mich am Kragen. Sie starrte mich an, die Augenbrauen bedrohlich zu einer Linie verbunden.

Und ich? Ich sah in die Augen einer Blinden. Groß und weit aufgerissen, aber mit leerem Blick.

Zuerst war ich wie betäubt. Dann spürte ich, wie ich langsam zerbrach, wie ein Keramik-Wok auf einer zu heißen Flamme – die Flüssigkeit sickerte durch die Ritzen, um von den Flammen verschlungen zu werden.

»Du bist die einzige Freundin, die ich habe«, jammerte ich ungewollt. »Ich ertrage den Schirm von Scharfer Pfeffer nicht mehr. Wilder Ingwer, ich bin nicht so stark wie du. Ich brauche dich. Ich kann nicht zulassen, dass du verrückt wirst. Du darfst nicht verrückt werden …«

Der Griff an meinem Kragen lockerte sich. Ihre blinden Augen fingen an zu sehen. Tränen stiegen darin auf, die sturzflutartig über ihre bleichen Wangen rollten.

»Ahorn, meine Mutter … hat sich aufgehängt.«

9

Wilder Ingwer versuchte, nach dem Tod ihrer Mutter gelassen zu erscheinen, aber der Kummer lag schwer auf ihrem Gemüt. Zur Schule trug sie jeden Tag eine schwarze Binde am Arm und eine weiße Papierblume im Haar. In der Öffentlichkeit zeigte sie wenig Trauer. Sie maß sich mit Scharfer Pfeffer beim Rezitieren von Mao-Sprüchen und lachte, wenn sie gewann. Ich beobachtete sie im Stillen und fand ihr Lächeln gezwungen. Ich versuchte so nah wie möglich bei ihr zu bleiben.

Zwar musste Wilder Ingwer jetzt nicht mehr die Straße für ihre Mutter fegen, hatte dafür aber große Geldprobleme. Das Nachbarschaftskomitee erlaubte ihr, weiter im Haus zu wohnen, gewährte aber keinen Zuschuss zu ihren Ausgaben. Sie brauchte Geld für ihren Lebensunterhalt und hatte keine Verwandten – alle hatten sich von ihr distanziert, um nicht selbst in Verdacht zu geraten und ihre eigenen Familien zu gefährden. Als Frau Cheng von ihrer Situation erfuhr, redete sie mit der Schulleitung. Sie erwähnte ihre hervorragenden Noten im Mao-Studium, die die besten im ganzen Bezirk waren. Der Rektor senkte das Schulgeld von Wilder Ingwer von zwölf Yuan auf acht Yuan. Aber für alles andere musste Wilder Ingwer selbst aufkommen.

Meine Mutter bot Wilder Ingwer an, bei uns zu essen. »Viel ist es nicht, aber du kannst essen, was wir essen.«

Wilder Ingwer lehnte das Angebot ab. »Ich habe etwas gefunden, womit ich Geld verdienen kann«, sagte sie zu mir. »Ich werde auf dem Markt Fische putzen. Ich habe schon mit dem Nachbarschaftskomitee gesprochen und die Erlaubnis, morgens von drei bis sieben einen Stand auf dem Markt aufzuschlagen. Ich zerlege den Fisch, den die Leute gekauft haben, und bekomme dafür die Abfälle: die Haut, den Kopf, den Schwanz und die Innereien. Die Schuppen vom Gürtelfisch verkaufe ich dann für zwei Jiao das Pfund an eine Chemie-Raffinerie, die Köpfe, Schwänze und Innereien für einen Jiao an Familien mit Katzen und die Sepiaknochen für zwei Jiao das Pfund an Kräuterläden. Und den Deckel von Wasserschnecken schneide ich für drei Jiao das Pfund ab.«

Obwohl ihre Stimme enthusiastisch klang, stiegen mir Tränen in die Augen. Ich wusste genau, was für ein elendes Leben sie erwartete. Als Erstes musste sie jeden Morgen um zwei Uhr aufstehen, um sich einen Stand auf dem Markt zu sichern. Sie musste mit den vielen anderen Fischputzern um Kundschaft konkurrieren. Es war Winter. Wir hatten fünfzehn Grad unter null. Als ich einmal morgens um fünf Uhr auf dem Fischmarkt war, hatte ich hinterher Frostbeulen an Händen und Füßen. Ich war nur eine halbe Stunde im Freien gewesen und hatte mich viel bewegt. Sie würde stundenlang auf dem frostigen Boden hocken, die Finger in kaltes Wasser tauchen und eisige Fische putzen. Und für diese Mühe würde sie nur ein paar Jiao am Tag verdienen.

»Ich freue mich, dass du etwas gefunden hast«, murmelte ich.

»Mach dir keine Sorgen«, sagte sie dankbar.

»Der Markt macht offiziell doch erst um fünf Uhr dreißig auf. Du musst dreieinhalb Stunden in der Kälte warten, um dir einen Stand zu sichern.«

»Ich werde die Zeit nutzen«, sagte sie. »Ich lerne Mao-Zitate auswendig.«

Ich konnte meine Traurigkeit nicht verbergen. Ich ging zu Immergrün und erzählte ihm von Wilder Ingwer. Als ich fertig war, schwieg er. Dann sagte er, dass wir ihr am besten helfen könnten, wenn wir ab und zu nach ihr sahen. »Sag ihr, es wäre mir eine Ehre, ihr bei der Vorbereitung zum Rezitationswettbewerb zu helfen.«

Der Monat Dezember verging schnell. Mein Vater durfte uns zur Neujahrsfeier besuchen. Mutter wollte, dass wir so viel Zeit mit ihm verbrachten wie möglich. Sie übernahm alle Hausarbeiten, auch den Einkauf auf dem Markt. Mein Vater schickte uns Kinder zur Wiederverwertungsstelle, um Geschichtsbücher zu besorgen. Die meisten Bücher stammten aus Plünderungen. Die Rote Garde hatte sie aus den Regalen von Privathäusern und Büchereien geholt, sie größtenteils verbrannt und den Rest in Mülleimer geschmissen. Dort fischten manche Leute sie wieder heraus und verkauften sie pfundweise an die Wiederverwertungsstelle. Mein Vater interessierte sich für Bücher und hielt es für ein gutes Geschäft, sie pfundweise zu kaufen. Das Pfund kostete fünf Jiao, so dass man durchschnittlich vier Bücher für weniger als zehn Jiao bekam. »Was sagt ihr, wenn der zuständige Genosse euch fragt, warum ihr die Bücher kaufen wollt?«, fragte mein Vater zum x-ten Mal.

»Um sie als Klopapier zu benutzen!«, antworteten wir einmütig.

Ich war immer beschäftigt. Aber ich dachte jeden Tag an Wilder Ingwer. Besonders während des Silvesteressens, als sich abends die ganze Familie und die Verwandten am Tisch versammelten und das Feuerwerk den Himmel erleuchtete. Die Schule war während der Feiertage geschlossen, und ich hatte Wilder Ingwer seit Wochen nicht gesehen. Ich fragte mich, wie es mit ihrem Stand wohl lief. Am letzten Schultag hatte ich sie zum Silvesteressen bei uns eingeladen, und sie hatte angenommen, aber sehr zögerlich. Als ich sie nach dem Grund fragte, gestand sie, ungern daran erinnert zu werden, wie allein sie war. »Nun, mach, wonach dir ist«, erwiderte ich. »Unsere Tür ist immer offen für dich.«

Sie kam nicht zum Abendessen. Und sie fehlte mir. Ich fragte Mutter, ob ich am nächsten Tag Vaters Lieblingsessen kaufen dürfte – Schnecken. »Ich lasse sie auf dem Markt vorbereiten.«

»Es dauert zu lange, die Schneckendeckel zu entfernen. Für ein Pfund braucht man fast eine Stunde. Es sei denn, es macht dir nichts aus zu warten«, sagte Mutter.

»Ganz bestimmt nicht«, sagte ich glücklich und ging an dem Abend früh zu Bett.

Um drei Uhr morgens wachte ich auf. Die Nacht war eiskalt. Der Wind, der durch die Fensterritze blies, klang wie ein altes Klageweib. Ich nahm meine Kleider und stand auf. Meine Beine zitterten vor Kälte. Ich las meine Socken vom Boden auf, sie fühlten sich an wie gefrorene Fische. Bevor ich sie anzog, trat ich auf ihnen herum, um das Eis zu zermalmen. Meine Zehen waren starr vor Kälte. Ich schob meine Füße in die Schuhe, nahm einen Korb und verließ das Haus. Die Straßen waren in Dunkelheit gehüllt. Ich ging schnell in Richtung Markt. Der Wind stach in meine Haut wie ein Messer. Bald sah ich den Lichtschein der nackten Glühbirnen des Markts. Zuerst ging ich zum Fischstand. Ein Mann schrieb mit einem Kreidestummel Nummern auf die Ärmel der Leute, damit die Zuspätkommenden sich nicht dazwischenschmuggeln konnten. Ich bekam meine Nummer und stellte den Korb ab. Meine Finger froren langsam ein. Wie alle anderen stampfte ich auf der Stelle und wackelte mit den Zehen, um mich warm zu halten.

Der Verkäufer am Fischstand holte einen großen Holzhammer hervor. Er zertrümmerte einen Eisblock mit Fischen und Aalen. Der Gestank ließ vermuten, dass der Inhalt nicht frisch war. Die meisten Fische waren bereits verdorben. Die Sepien hatten große Knochen und hauchdünnes Fleisch. Auch der Gürtelfisch war spindeldürr. Nur die Schnecken sahen ganz in Ordnung aus.

Der Wind wurde stärker und wehte fast meinen Korb weg. Ich sammelte in der Seitenstraße ein paar Steine auf und beschwerte ihn damit. Dann bat ich die Frau hinter mir, auf meinen Platz aufzupassen. Ich müsse austreten und wäre gleich zurück.

Inmitten einer Gruppe Fischputzer entdeckte ich den Stand von Wilder Ingwer. Er befand sich auf jener Seite des Markts, wo der Wind wie eine Peitsche schlug. Wilder Ingwer war eingewickelt in Kopftücher und Lumpen. Sie saß auf einem kleinen Stuhl und las in einem Buch mit Mao-Zitaten. Ihre Hände steckten in fingerlosen Handschuhen. Zwei Plastikfetzen, an den Knien festgebunden, schützten ihre Schienbeine. Vor ihr lag ein Waschbrett mit der glatten Seite nach oben und einer rostigen Schere und einem Sägemesser drauf. Rechts von ihr standen drei Metalleimer. Vermutlich war einer für Fischschuppen, einer für Sepiaknochen und der dritte für Köpfe, Schwänze und Innereien. Das Glasgefäß daneben war mit einem Handtuch zugedeckt. Darin befand sich wohl warmes Wasser.

Die Klingel ertönte, der Fischverkauf begann. Ich lief zurück an meinen Platz und nahm meinen Korb. Die Menschenmenge schob sich vor und bildete vor dem Fischstand eine undurchdringliche Mauer. Es ging nur langsam voran. Alle sahen zu, wie der Fischberg immer kleiner wurde. Jeder betete, dass noch etwas für ihn übrig bleiben würde. »Es sieht so aus, als wärst du die Letzte, die etwas bekommt«, sagte die Frau hinter mir. »Gibst du mir ein bisschen ab, weil ich auf deinen Korb aufgepasst habe? Meine Schwiegertochter hat gerade ein Baby bekommen.«

Ich nickte. Dann war ich an der Reihe. Die Sepien war schon weg. Die Aale ebenfalls. Ein einziger Gürtelfisch war noch übrig. Ich überließ ihn der Frau und nahm den Rest der Schnecken, ungefähr anderthalb Pfund. Die Menschenmauer hinter mir seufzte und löste sich enttäuscht auf. Der Angestellte begann, den Stand zu schrubben.

Meine Füße trugen mich zu Wilder Ingwer. Sie bereitete gerade einen Gürtelfisch vor. Gekonnt entfernte sie mit dem Messer die silbrigen Schuppen, die alle im Eimer landeten. Dann schnitt sie mit der Schere den Bauch auf und holte die Eingeweide heraus. Ab und zu tauchte sie ihre Finger in das warme Wasser, das inzwischen bestimmt eiskalt war. Ihre Finger waren voller Schnitte und bluteten zum Teil.

»Sind meine Schnecken jetzt fertig?«, fragte die Kundin Wilder Ingwer.

»Sofort«, erwiderte Wilder Ingwer entschuldigend, ohne

den Kopf zu heben. »Die Hälfte ist schon fertig, und den Rest mache ich gleich nach dem Fisch hier.«

»Meine Schnecken waren vor irgendwelchen Fischen hier«, beschwerte sich die Kundin. »Du hast doch gesagt, wer zuerst kommt, wird zuerst bedient. Du bist eine Lügnerin, und ich werde nie wieder zu dir kommen.«

»Es tut mir furchtbar Leid, meine Dame«, sagte Wilder Ingwer und legte den Fisch in einen Korb. Dann machte sie mit den Schnecken weiter, wobei ihre Hände flink arbeiteten und die Schnecken wie von einer Maschine ausgespuckt im Korb landeten.

Ich trat vor und stellte meinen Korb neben ihren Kopf. »Darf ich Sie bedienen, meine Dame?« Sie nahm meinen Korb. »Ich bin gut und schnell und nehme einen Jiao weniger als andere.« Sie sprach mit mir.

»Ich komme nie wieder zu dir«, beschwerte sich die Frau mit den Schnecken. »Du bist noch nicht mit einem Kunden fertig und greifst dir schon den nächsten. Wie habgierig!«

Wilder Ingwer versuchte, noch schneller zu arbeiten. Die Blasen in ihrer Hand und an den Fingern sahen geschwollen aus. Ihr eigenes Blut von den Schnitten vermischte sich mit dem der Aale. Der Wind wehte ihr den Schal vom Kopf. Sie trat mit dem rechten Fuß darauf, damit er nicht wegflog, während sie mit den Händen weiter die Schnecken bearbeitete. »Meine Dame, ich geben Ihnen einen Jiao zurück wegen der Verzögerung.«

»Das ist auch angebracht«, erwiderte die Frau.

»Wilder Ingwer«, sagte ich.

Sie hob den Kopf. »Ahorn!« Sie wandte sich an die Dame. »Sie ist keine Kundin. Sie ist meine Freundin.«

»Beeil dich!« Die Frau war verärgert.

»Danke, dass du zu mir gekommen bist. Danke, dass du gewartet hast«, sagte Wilder Ingwer zu mir.

»Kann ich dir helfen?«, bot ich an.

»Ich bin fast fertig. Mach dir nicht die Hände schmutzig, sie stinken sonst den ganzen Tag. Bitte schön, meine Dame, fertig.« Sie schob die restlichen Schnecken in den Korb der Kundin.

Die Frau bedachte Wilder Ingwer mit einem bösen Blick, warf ihr drei Jiao hin und verschwand.

Während Wilder Ingwer an meinen Schnecken arbeitete, ging ich Gemüse kaufen. Inzwischen war es hell geworden und der Markt lange nicht mehr so voll. Die meisten Stände waren leer. Die späten Kunden schauten unglücklich drein – außer gefrorenem Rettich gab es nichts mehr zu kaufen. Seit Monaten aßen sie nichts anderes als Rettich.

Als ich zurückkam, verkaufte Wilder Ingwer gerade ihr Katzenfutter. Sie hatte Fischköpfe, -schwänze und -eingeweide ordentlich auf dem sauber geschrubbten Waschbrett aufgehäuft und wartete auf Kunden. Inzwischen saß sie auf einem Ziegelstein, hatte den Stuhl für mich frei gemacht. Zwei alte Damen kamen und fingen an zu feilschen.

Ich setzte mich neben Wilder Ingwer. Ich hatte Hunger und mir war kalt. Wie gern hätte ich jetzt eine Schüssel heiße Tofusuppe gegessen, dachte ich. Aber ich wagte nicht, Geld dafür auszugeben. Wilder Ingwer war bestimmt noch viel hungriger als ich. Der Duft gebackener Süßkartoffeln wehte herüber. Wilder Ingwer stand auf und rief: »Katzenfutter!« Sie blickte sich eifrig um. »Frische Innereien!« Sie rieb sich die Hände, um sie zu wärmen. Ihre Nase war rot, und ihre Wangen waren voller schwarzer Tinte von den Sepien. Fischschuppen glitzerten in ihren Haaren. Sie gähnte und streckte Arme und Beine aus.

»Vor ein paar Tagen hat Immergrün mich besucht«, erzählte sie mir. »Er hat mir eine Menge Tipps für den Rezitationswettbewerb gegeben, obwohl er weiß, dass ich seine Rivalin bin.«

»Ich hab dir doch gesagt, dass er nett ist.«

»Er sagte, der Zweck des Wettbewerbs sei die Förderung von Mao-Studien und nicht, zu gewinnen.«

»Ich finde, er hat Recht, Wilder Ingwer. Du arbeitest so hart.«

»Immergrün hat noch etwas gesagt, und das hat mich ziemlich beunruhigt.«

»Was denn?«

»Über Scharfer Pfeffer. Wusstest du, dass sie auch am Wettbewerb teilnimmt? Sie sagt, sie sei fest entschlossen, mich zu besiegen. Aber sie hat überhaupt keine Chance. Deshalb will sie einen politischen Vorwand benutzen, damit ich erst gar nicht teilnehmen kann.«

»Wieder die Spion-Geschichte?«

»Was sonst könnte sie vorbringen?«

»Das wird schwierig.«

»Ich weiß. Immergrün setzt sich für mich ein. Er glaubt fest, dass die Kommunistische Partei Gerechtigkeit und Fairness unterstützt. Und ich glaube ihm.«

Geklingel kündigte zwei Männer auf Fahrrädern mit einem großen Behälter an beiden Seiten des Lenkers an. Es waren die Arbeiter der Raffinerie und des Kräuterladens. Wilder Ingwer stand auf und begrüßte sie.

»Das ist nicht frisch. Das will ich nicht«, begann der Mann aus der Raffinerie zu feilschen.

»Es ist alles von heute Morgen, ich war noch nicht zu Hause, großer Onkel«, verhandelte Wilder Ingwer. »Was Frischeres bekommen Sie nicht.«

»Ein Jiao pro Pfund.«

»Zwei Jiao, Onkel. Ich muss auch essen.«

»Ein Jiao oder ich gehe.« Der Mann klingelte erneut.

»Gut. Ein Jiao.« Wilder Ingwer gab dem Mann ihre Eimer.

»Die Sepiaknochen sind zu klein, die nehme ich nicht«, sagte der Kräutermann und klingelte ebenfalls wieder, als wolle er weiterfahren.

»Die Hälfte. Ein Jiao das Pfund«, gab Wilder Ingwer nach.

Der Mann holte seine Waage hervor, wog den Eimer und bezahlte Wilder Ingwer. »Du bist ein kluges Kind. Du weißt, dass nach mir keiner mehr kommt.«

Wilder Ingwer zählte das Geld und steckte die Münzen sorgfältig in ihre Jackentasche. Sie sah zufrieden aus und schloss ihren Stand.

Ich verabschiedete mich und ging nach Hause, verspürte eine tiefe Traurigkeit. Danach konnte ich die frühen Morgenstunden nie mehr genießen. Wenn ich in warme Decken gehüllt im Bett lag, dachte ich an Wilder Ingwer. Wenn ich die heiße Tofusuppe meiner Mutter trank, dachte ich an sie. Als ich begriff, was für ein Glück ich mit meiner Familie hatte, bekam ich Schuldgefühle. Ich brach in Tränen aus, wenn meine Mutter mir ein Stück Gürtelfisch in die Schale legte oder wenn mein Vater mir zur Belohnung aus dem Buch vorlas, das ich ihm von der Wiederverwertungsstelle besorgt hatte. Ich genoss die Aufmerksamkeit meiner Eltern und begriff auf einmal die Bedeutung des Wortes »Entbehrung«. Ich wünschte Wilder Ingwer alles Gute, ich wünschte, dass sie weiterhin die Klassenbeste bei den Mao-Studien blieb und ihre nach Fisch stinkenden Hände ihr bald eine gute Zukunft bescherten. Ich hatte das Gefühl, ihr etwas zu schulden – dass die Gesellschaft ihr etwas schuldete. Sie musste gewinnen. Und ich würde alles tun, um ihr dabei zu helfen.

10

Der Mao-Lehren-Rezitationswettbewerb fand an einem schönen Frühlingstag statt und wurde übers Radio im ganzen Bezirk direkt übertragen, bis ins letzte Klassenzimmer. Ich saß an meinem Schultisch und konzentrierte mich auf die Worte aus dem Lautsprecher. Die Punkte der Endrundenteilnehmer lagen dicht beieinander. Am Nachmittag waren nur noch drei übrig – Scharfer Pfeffer, Immergrün und Wilder Ingwer. Inzwischen zeichnete sich deutlich ab, wer gewinnen würde, da Wilder Ingwer mit Abstand führte. Plötzlich ordnete der Schiedsrichter, der auch Bezirksparteisekretär war, eine Unterbrechung an und teilte mit, der Gewinner würde am nächsten Morgen verkündet.

Ich freute mich sehr für Wilder Ingwer. Der Gewinner durfte an einem Wettbewerb auf Landesebene teilnehmen. Wenn sie gewann, bekam sie eine Auszeichnung als Maoistin. Sie würde vielleicht sogar den Vorsitzenden Mao persönlich kennen lernen.

Ich ging zum Haus von Wilder Ingwer und wartete dort auf ihre Rückkehr vom Platz des Volkes, wo der Wettbewerb stattgefunden hatte. Ich setzte mich vor ihre Tür. Eine Stunde verging, doch sie war nirgends zu sehen. Ich wanderte die Chia-Chia-Gasse auf und ab, aber nicht Wilder Ingwer, sondern mein ältester Bruder kam schließlich herbeigeeilt.

»Komm schnell, Schwester, sie prügeln sich.« Mein Bruder war ganz außer Atem. »Scharfer Pfeffer und ihre Brüder haben Wilder Ingwer angegriffen. Glücklicherweise ist Immergrün bei ihr.«

Mein Bruder führte mich zu der Stelle. Ich sah, wie Wilder Ingwer Yaya zum anderen Ende des Weges jagte. Zwei der Brüder von Scharfer Pfeffer lagen auf dem Boden. Immergrün hielt ihren ältesten Bruder, Großer Drachen, unter sich fest. Im Licht der Straßenlaterne wirkte Immergrüns Gesicht verzerrt. Sein Unterkiefer war geschwollen. Es sah aus, als hätte er einen harten Kampf hinter sich. Großer Drachen flehte um Gnade. Scharfer Pfeffer warf sich weinend auf Immergrün. Immergrün verdrehte Großer Drachen die Arme.

»Du brichst ihm die Arme!«, schrie Scharfer Pfeffer.

Immergrün starrte sie wütend an. »Du hast dir die Suppe eingebrockt, jetzt kannst du sie auch auslöffeln!«

»Wilder Ingwer hatte überhaupt kein Recht, am Wettbewerb teilzunehmen«, rief Scharfer Pfeffer. »Ihre politische Herkunft disqualifiziert sie.«

»Die Partei gibt allen Genossen, die sich dem Vorsitzenden Mao verschreiben, die gleichen Rechte«, schoss Immergrün zurück.

»Ein Spion ist kein Genosse …«

Unerwartet hatte Scharfer Pfeffer von ihrem jüngsten Bruder, Kleiner Drachen, einen Schlag auf den Mund bekommen. »Geh nach Hause, Schwester.«

Immergrün ließ Großer Drachen los.

Mittlerer Drachen und Kleiner Drachen kamen und halfen ihrem Bruder auf, dann zogen sie ab.

»Wir kommen wieder«, schrie Scharfer Pfeffer.

»Wenn deine Brüder Wilder Ingwer noch einmal anfassen, reiße ich ihnen ihre Sepiaköpfe ab!«

Wilder Ingwer sah aus wie eine blühende Lotosblume. Immergrün lud uns zum Imbissstand ein, wo wir unsere Tofusuppe und die warmen Dampfnudeln gierig verschlangen. Ich musste immerzu Wilder Ingwer anstarren. Zum ersten Mal war sie glücklich. Wir aßen schnell alles auf und marschierten dann los. Sie nahm meine Hand und ging schweigend an meiner rechten Seite, während Immergrün links von mir ging. Wilder Ingwer hatte Immergrün nicht gedankt. Sie hatte ihn nicht einmal angesehen. Keiner sagte ein Wort.

»Wer wird eurer Meinung nach gewinnen?«, brach ich das Schweigen.

»Eigentlich Wilder Ingwer«, sagte Immergrün. »Aber ich habe das Gefühl, der Bezirksparteisekretär hat Zweifel bekommen.«

»Genau das hatte ich befürchtet«, seufzte Wilder Ingwer. »Wie naiv von mir zu glauben …«

»Du musst der Kommunistischen Partei vertrauen«, unterbrach Immergrün sie. »Du musst dem Vorsitzenden Mao vertrauen. Es gibt nicht so viele Gauner.«

Wir kamen zu einer Kreuzung mit einem Fahrradparkplatz. Immergrün ging los und holte sein Rad.

»Und wie willst du das Problem lösen, Immergrün?« Allmählich wurde ich ungeduldig.

Ohne den Blick von Wilder Ingwer zu wenden, sagte er: »Du musst lernen durchzuhalten. Du musst die Herzen der Menschen gewinnen und nicht nur diesen Wettbewerb. Um ehrlich zu sein« – er zögerte einen Moment, fuhr dann jedoch fort –, »in meinem Herzen hast du die Meisterschaft schon gewonnen.«

Wilder Ingwers Wangen erglühten.

Als wäre ihm seine Offenheit peinlich, trat Immergrün zurück und schwang sich auf sein Rad. Er verabschiedete sich mit einem Nicken und verschwand im Straßenverkehr.

Als am nächsten Tag der Gewinner verkündet wurde, waren alle überrascht. Immergrün hatte gesiegt, und Scharfer Pfeffer war auf dem zweiten Platz. Wilder Ingwer wurde lobend erwähnt. Frau Cheng hatte eine Erklärung von der Behörde bekommen, die sie der Klasse vorlas. Wilder Ingwer war aufgrund ihrer schlechten Herkunft ausgeschieden. Die Schule und die Bezirksbehörde drückten ihr Bedauern darüber aus. Offensichtlich akzeptierten alle die Entscheidung, denn keiner widersprach. Da sie ein Mensch zweiter Klasse war, hatte ihr Leid keinerlei Bedeutung. Alle hielten es für ebenso natürlich wie die Tatsache, dass ein Hund Wasser aus einer Pfütze trank und nicht aus einer Schüssel.

Immergrün tröstete Wilder Ingwer, noch bevor ich Gelegenheit dazu fand. Er besuchte sie alle paar Tage, und später half er ihr morgens auf dem Fischmarkt. Als ich ihn fragte, was er von dem Ergebnis hielt, wurde er richtig wütend. Er fand es nicht nur unfair, er fühlte sich auch vom Bezirksparteisekretär hintergangen. Während er Wilder Ingwer tröstete und zu überzeugen versuchte, dass sie sich auf das Urteil der Partei verlassen könne, hatte er selbst große Zweifel bekommen. Er war desillusioniert, sogar entsetzt.

»Ich finde es schlimm, dass Wilder Ingwer nicht nur akzeptiert, wie sie behandelt wird, sondern es sogar für richtig hält«, sagte Immergrün zu mir. »Sie glaubt, sie müsse sich einfach nur noch mehr anstrengen, um sich zu bewähren ... Aber in meinen Augen ist so ein Umgang mit Menschen destruktiv und nicht konstruktiv. Ich hatte deshalb ein Gespräch mit dem Bezirksparteisekretär verlangt.«

»Und?«, fragte ich neugierig. »Hat er dich empfangen?«

»Ja. Er sagte, Risiken einzugehen oder zu experimentieren, wäre nie sein Stil gewesen.«

»Was heißt das?«

»Er könne die Tochter eines Spions nicht zum revolutionären Vorbild erheben.«

»Warum hat er das nicht vor dem Wettbewerb klar gemacht?«

»Er wollte Wilder Ingwer für sein eigenes politisches Ansehen in der Partei benutzen. Er ist das Risiko eingegangen, um zu zeigen, wie hervorragend jemand in seinem Bezirk Maos Lehren rezitieren kann.«

»Dann wurde Wilder Ingwer also zum Narren gehalten?«

»Ja, so erbärmlich das klingt.« Er hielt inne. Nach einer Weile fuhr er fort: »Genau wie ich selbst.«

»Maos Repräsentanten.« Ich konnte nur noch sarkastisch reagieren.

»Meine Enttäuschung war so groß, dass ich vieles inzwischen anders sehe, Ahorn. Ich fühle mich krank und deprimiert. Und es sind nicht nur meine Gewissensbisse wegen der Niederlage von Wilder Ingwer. Es ist viel schwerwiegender, gefährlicher, und ich habe Angst vor dem, was daraus folgt.«

11

Als Wilder Ingwer und ich 1971 fünfzehn wurden, wechselten wir von der Grundschule des 1. Juli auf die Mittelschule Rote Fahne. Der Lehrplan war unverändert, weiterhin bildeten Mao-Studien den Schwerpunkt. Wilder Ingwer wusste inzwischen bestens über alles rund um den Fischmarkt Bescheid. Sie kannte die Namen der Großhändler, Fischer und Einzelhändler, die der Arbeitnehmer und Arbeitgeber auf dem Markt. Sie kannte deren Gewohnheiten, Familien und Beziehungen. Sie hatte sogar den ehemaligen Verehrer ihrer Mutter, den Buchhalter Choo, kennen gelernt. Nach dem Tod von Frau Pei schien Herr Choo Schuldgefühle zu haben. Er brachte Wilder Ingwer Essen und Geschenke und wollte sich mit ihr versöhnen. Doch Wilder Ingwer ließ das kalt. Der Mann erklärte ihr, er hätte sein eigenes Gewissen zum Schweigen bringen müssen, um zu überleben. Wilder Ingwer spuckte ihm ins Gesicht und ließ ihn stehen.

Nachmittags und abends nahm Wilder Ingwer mich mit auf den Fischmarkt. Dort halfen wir den Arbeitern beim Auffüllen der Vorräte. Wenn sie fragten, warum wir das taten, zitierte Wilder Ingwer Mao: »›Die Jugend sollte aus den Klassenzimmern herauskommen und direkt von der Arbeiterklasse lernen.‹« Sie freundete sich mit vielen Fischerfrauen an, die den täglichen Fang auf Dreirädern vom Hafen in die Stadt transportierten. Es waren einfache, nette Frauen, wenn auch ungebildet. Sie hatten kräftige Muskeln und große Füße.

Wilder Ingwer bewunderte die Geisteshaltung dieser Fischerfrauen. Mit der sechzehnjährigen Jung entstand eine richtige Freundschaft. Jung hatte ein rundes Gesicht und einen stämmigen Körper. Sie brachte Wilder Ingwer immer getrocknete Fischstücke zum Kauen mit.

Obwohl mir der Fischmarkt nicht besonders gefiel – der Geruch störte mich und verursachte mir Übelkeit –, ging ich Wilder Ingwer zuliebe mit. Nach einer Weile fand ich die Unterhaltungen zwischen Jung und Wilder Ingwer durchaus interessant. Ich lernte viel aus ihren Diskussionen über das Wesen des Meeres, über Tang, Fisch, Sepien, Schnecken und die unterschiedlichen Fangarten.

Das Jahr verging schnell. Es war bereits Sommer, als mir zum ersten Mal auffiel, wie erschöpft Jung aussah. Sie war nicht mehr so fröhlich wie früher, sondern nervös und schien ihr Selbstvertrauen verloren zu haben. Wilder Ingwer erzählte mir erst von Jungs Problem, als ich sie auf deren erschöpftes Aussehen aufmerksam machte.

»Sie geht nicht sorgfältig genug mit dem Fisch um, den sie zum Markt transportiert«, sagte Wilder Ingwer. »Buchhalter Choo fand heraus, dass sie oft mit weniger ankam, als sie von den Fischern bekommen hatte. Es ist jetzt das fünfte Mal, dass ihr zwei Körbe mit Gürtelfisch fehlen.«

»Kann man sie denn unterwegs verlieren?«

»Das schon. Aber sie passt jetzt immer sehr auf, und trotzdem fehlten ihr Körbe auf Herrn Choos Waage. Sie glaubt, es muss sich um einen Irrtum handeln.«

»Das ist seltsam.«

»Irgendwas stimmt nicht mit Herrn Choo«, sagte Wilder Ingwer. »Ich beobachte ihn schon länger. Vermutlich betrügt er Jung. Sie kann nämlich nicht rechnen. Wenn Choos Schmetterlingsfinger über das Rechenbrett huschen und er sagt, dass zwei Körbe fehlen, muss sie ihm glauben. Jung ist wie eine stumme Frau, die bitteres Gras geschluckt hat, es aber nicht sagen kann. Es ist ein abgekartetes Spiel. Sobald Jung Herrn Choo widerspricht, bieten sich die Leute drum herum – die Sepiaverkäufer, die Zigarettenverkäufer und Spirituosenverkäufer – als Zeugen für den Buchhalter Choo an. Einstimmig behaupten sie, Jung sei im Unrecht. Es ist ... als wüssten sie schon Bescheid, noch bevor Herr Choo das Rechenbrett überhaupt berührt hat. Ich brauche deine Hilfe, Ahorn. Ich muss rauskriegen, was da läuft.«

Es war acht Uhr abends. Jung saß weinend auf ihrem Dreirad. Sie war wieder beschuldigt worden und hatte Angst, ihre Arbeit zu verlieren, wenn das rätselhafte Verschwinden der Körbe nicht aufhörte. Buchhalter Choo beharrte darauf, dass der Fehler nicht bei ihm lag. Jungs Freunde unter den Fischern waren bestürzt, aber unfähig, Jungs Unschuld zu beweisen.

Gerade wurden die Körbe voll fangfrischer Meeresfrüchte an die Stände verteilt. Die Marktarbeiter kamen und sortierten den Fisch. Ich hatte Hunger und wollte nach Hause gehen. Aber Wilder Ingwer bestand darauf, dass ich bleibe. Sie bespitzelte Herrn Choo. Sie hatte ihren Stand in die östliche Ecke verlegt, weil sie Choo von dort aus im Auge behalten konnte. Sie tat, als schärfe sie ihre Schere.

»Es sieht aus, als ob er gleich geht.« Wilder Ingwer zog mich schnell zu sich heran. »Ich will, dass du mir folgst, Ahorn. Halt Abstand, aber verlier mich nicht aus den Augen.«

»Du hast doch nichts Gefährliches vor, oder?«

»Natürlich nicht«, erwiderte Wilder Ingwer, ohne mich

anzusehen. Sie legte die Schere schnell hin und verschloss ihren Stand.

Ich beobachtete den Buchhalter Choo. Er schloss das Rechenbrett in seinem Handwagen ein und schob den Wagen in einen Lagerraum neben einem Stand. Mit einer großen schwarzen Plastiktüte in der Hand kam er wieder heraus. Er überquerte die Straße und ging auf eine öffentliche Toilette. Nach kurzer Zeit kam er wieder heraus, gefolgt von Männern mit vertrauten Gesichtern. Es waren der Sepiaverkäufer, der Zigarettenverkäufer und der Spirituosenverkäufer. Sie zogen gerade ihren Reißverschluss zu und blickten sich dabei um. Dann setzten sie sich getrennt, aber in die gleiche Richtung nach Norden, in Bewegung. Ich ging ein paar Meter von Wilder Ingwer weg und tat, als würde ich zufällig vorbeikommen.

Die vier Männer bildeten ein Dreieck mit dem Buchhalter Choo an der Spitze. Sobald sie die unmittelbare Umgebung verlassen hatten, gingen sie schneller. Wir folgten ihnen über eine Baustelle und an einer verlassenen Plastikröhrenfabrik vorbei auf das Grundstück einer Zigarettenfabrik, die ihre Arbeit für heute bereits eingestellt hatte. Einer der Männer warf dem Pförtner ein Päckchen Zigaretten zu, woraufhin er sie hereinließ.

»Sie gehen zu den Lagerhallen.« Wilder Ingwer winkte mich zu sich heran, und wir umrundeten zusammen das Gebäude. Schließlich erreichten wir die Rückseite, wo in hohen Stapeln Tabak lagerte.

»Wie konntest du das wissen?« Ich beobachtete, wie der Buchhalter Choo und seine Männer hinter einer Mauer verschwanden.

»Ich bin ihnen schon öfter gefolgt, habe es aber nie bis in

die Lagerhalle geschafft. Ich will sehen, was sie dort machen. Kannst du hier warten?«

Bevor ich antworten konnte, war Wilder Ingwer verschwunden. Sie war über den Zaun geklettert und schon auf der anderen Seite.

Ich war nervös. Vor Angst hatte ich Magenkneifen. Der Himmel war jetzt dunkel und Wilder Ingwer nirgends zu sehen. Nirgends brannte Licht. Die Gegend wirkte vollkommen verlassen – der perfekte Ort für ein Verbrechen. Plötzlich kam Wilder Ingwer zurück. Sie rannte auf mich zu, kam aber nicht über den Zaun.

»Komm rüber, wir gehen«, drängte ich.

»Ahorn, du musst sofort zur Polizei gehen.«

»Was?«

»Sie verteilen das Geld, das sie gestohlen haben!«

»Bist du sicher, Wilder Ingwer?«

»Natürlich. Geh jetzt!«

»Und was ist mit dir?«

»Ich muss sie im Auge behalten.«

»Aber …«

»Beeil dich!« Sie drehte sich um und rannte zurück in die Dunkelheit.

Ich versuchte mir vorzustellen, was sie jetzt tat. Wenn die Männer sie erwischten, könnten sie sie einfach gleich hier umbringen, dachte ich.

Ich rannte sofort los. Einen Moment lang war ich orientierungslos und zu aufgeregt, um die richtige Richtung einzuschlagen, aber schließlich gelangte ich doch in unser Viertel.

Ich eilte durch die Straßen und vorbei an meinem eigenen Zuhause, wo das Licht bereits erloschen war. Meine Mutter schaltete es immer schon früh aus, um Strom zu sparen. Ich zwang mich, so lange weiterzulaufen, bis ich schließlich die Polizeiwache des Viertels erreicht hatte. Ich klopfte.

Der Wachmann öffnete die Tür. Er aß gerade zu Abend. Sein Motorrad stand mitten im Zimmer. Nachdem er sich meinen Bericht angehört hatte, rief er sofort das Hauptquartier an. »Die Streife ist unterwegs.« Er wischte sich den ölverschmierten Mund ab und zog seine Jacke über. Er startete das Motorrad und sagte: »Setz dich hinten drauf, Mädchen.«

Als die Streife und wir auf dem Motorrad ankamen, war Wilder Ingwers Gesicht zerkratzt, und ihr rechter Arm baumelte leblos vor ihrer Brust. Da sie versucht hatte, Choo und seine Männer an der Flucht zu hindern, hatten diese sie fast zu Tode gewürgt. Der Polizist verhaftete Choo und seine Komplizen auf der Stelle.

Wilder Ingwer wurde ins Krankenhaus gebracht. Immergrün und ich folgten ihr in das große Gebäude. Im Operationszimmer saßen wir an ihrer Seite, während Ärzte sich um ihre Verletzungen kümmerten. Sie richteten ihren Arm und legten einen Gipsverband an, gaben ihr Bluttransfusionen und nähten ihre Wunden. Ich benetzte ihre Lippen mit einem feuchten Handtuch. Sie hatte ungeheure Schmerzen. Immergrün reichte ihr seine Hand, und schwer atmend griff sie danach. Ich sah, wie der Schweiß auf ihrer Stirn sich in Kristallperlen verwandelte. Immergrün redete unentwegt auf sie ein, um sie von ihren Schmerzen abzulenken. Ich war überrascht, dass der sonst so schweigsame Immergrün wie ein junger, großäugiger Teenager plappern konnte. Er erzählte Wilder Ingwer Geschichten aus seiner Kindheit, von den Abenteuern seines Vaters, einem Seemann, von dessen Verdiensten und Unfällen und den späteren Schlaganfällen und Nervenleiden. Er erzählte ihr, wie er und seine inzwischen verstorbene Mutter dem alten Mann geholfen hatten, als er vorübergehend gelähmt war. Und am Ende sprach er auch von seinen eigenen Kindheitsträumen, Schiffskapitän zu werden. Er wurde ganz aufgeregt, als er von einem Spielzeugschiff erzählte, das er im Alter von zehn Jahren gebaut hatte.

»Es ist riesengroß.« Er breitete die Arme aus, um zu zeigen, wie lang es war. »Es hat einhundertdreiundzwanzig Kammern. Ich habe zwanzig Pfund Holz und sechshundert leere Streichholzschachteln dafür gebraucht. Die Streichholzschachteln hatte ich gesammelt, seit ich sieben war. Zwei Jahre hat es gedauert, bis das Schiff fertig war. Ich habe es *Sieg* getauft.«

Wilder Ingwer sagte nichts. Sie sah, nein starrte Immergrün an, als wäre es nicht ihr Körper, den die Ärzte gerade mit Nadel und Faden zusammenflickten.

»Ich habe als Kind immer Seifefiguren gemacht, die bunt waren wie ein Regenbogen«, erzählte sie Immergrün später im Ruheraum. »Die Herstellung hat mich am meisten fasziniert. Ich bin von Tür zu Tür gegangen und habe Seifenreste gesammelt. Wenn ich einen Eimer voll hatte, hab ich sie auf dem Herd geschmolzen und duftende Jasminblüten hineingetan. Dann habe ich den Brei in mehrere Schüsseln gegossen, mit unterschiedlichen Farben gefärbt und so lange in der Sonne umgerührt, bis er dick wurde. Anschließend habe ich aus Pappe alle möglichen Figuren ausgeschnitten und mit der

Paste dünn überzogen. Nach dem Trocknen dufteten sie ganz intensiv. Es gab nichts Schöneres. Man konnte die Seifen überall mit hinnehmen und sich die Hände damit waschen. Mir gefielen sie so sehr, dass ich sie nie benutzt habe. Sie lagen in meinen Mao-Büchern, und ich habe sie jeden Tag angesehen und daran gerochen, wenn ich Zitate auswendig gelernt habe.«

»Die musst du mir unbedingt zeigen.«

»Wenn du mir dein Holzschiff zeigst.«

Der Parteisekretär besuchte Wilder Ingwer im Krankenhaus. Über Nacht war sie zur Heldin und zum revolutionären Vorbild erklärt worden. Sie wurde von der *Volkszeitung* und der *Befreiungsarmee* interviewt. Am nächsten Morgen lag ihre Geschichte in jedem Haushalt auf dem Frühstückstisch. Die Journalisten fragten Wilder Ingwer, ob sie bei ihrer tapferen Heldentat von den Lehren Maos geleitet worden sei. Sie bejahte die Frage nicht nur, sie zitierte auch den gesamten Textabschnitt aus Maos Lehren, der sie zu der Aktion inspiriert hatte. Ihre Antwort war in Anführungszeichen und unterstrichen gedruckt worden. Jetzt war sie eine wahre Siegerin.

Ich freute mich sehr für Wilder Ingwer. Aber ich fragte mich auch, ob man an Mao denken konnte, wenn man gerade gewürgt wurde. Vielleicht war Mao die Antriebskraft für ihre Tat gewesen. Vielleicht war sie eine wahre Maoistin geworden.

Auch ich wurde interviewt. Aber als man mich fragte, was mir durch den Kopf ging, als ich den Polizisten holte, antwortete ich, ich wäre um die Sicherheit von Wilder Ingwer besorgt gewesen.

»Bist du sicher, dass du nicht an Maos Lehren gedacht hast?«, fragte der Journalist. »Zum Beispiel: ›Es ist unsere Pflicht, unseren Genossen zu helfen …‹?«

»Nein, eigentlich nicht.«

»Kein bisschen?«

»Nun, ich hatte mich verirrt und versuchte, den richtigen Weg zu finden.«

»Keine Gedanken an Mao?«

»Ich wünsche …«

»Welcher Paragraph?«

»Ich erinnere mich nicht.«

»Du musst ehrlich sein.«

»Nun ja, dann nein. Es tut mir Leid.«

»Wilder Ingwer hatte in dem Moment nur Maos Lehren im Kopf. Warum denkst du nicht genau nach, bevor du mir antwortest?«

»Ich hatte … zu viel Angst zum Denken.«

»Gut.« Der Journalist klappte sein Notizbuch zu und stand auf.

»Aber ich habe geholfen.« Ich fühlte mich ungerecht behandelt.

»Das allein ist nicht wichtig genug.«

Die Zeitungen brachten Fotos von Wilder Ingwer mit ihrem rechten Arm in Gips. Sie lächelte stolz. Eines war betitelt mit: MAOS LEHREN FÜHRTEN UNSERE HELDIN ZUM SIEG. Wilder Ingwer traf den Parteigeneralsekretär von Shanghai, der auf dem Weg nach Peking war und Wilder Ingwer dem Vorsitzenden Mao vorstellen wollte.

Diese Nachricht war für die Stadt, den Bezirk und das

Viertel eine Ehre. Wilder Ingwers bevorstehendes Treffen mit dem Vorsitzenden Mao erfüllte alle mit Stolz. Die Schule veranstaltete eine große Feier im Namen von Wilder Ingwer. Immergrün sollte eine Rede darüber halten, wie sehr sich die Heldin dem Studium der Lehren Maos verschrieben hatte. Ich wurde als »Waffengenossin« der Heldin bezeichnet und gebeten, etwas über ihr Leben zu sagen. Inzwischen hatte ich einen Wok-großen Mao-Button als Belohnung erhalten.

Meine Eltern wurden ganz traurig, wenn sie an Frau Pei dachten. Würde sie noch leben, wäre sie jetzt sicher glücklich. Eines Abends ging meine Mutter zu Wilder Ingwers Haus und zündete eine Weihrauchkerze unter dem Feigenbaum an.

Unsere ehemalige Lehrerin, Frau Cheng, hatte Freudentränen in den Augen, als sie zu uns kam und mit meiner Mutter plauderte. »Wilder Ingwer hat den Charakter ihrer Mutter.«

»Ich kann Ihnen nur allzu Recht geben«, erwiderte Mutter. »Frau Pei war auf ehrenwerte Weise eigensinnig. Sie hätte sich lieber den Kopf abschlagen lassen, als ihre Gefühle für Herrn Pei zu verraten. Aber wie hätte sie ahnen können, wie Wilder Ingwer sich einmal entwickelt?«

»›Echtes Gold fürchtet das Feuer nicht‹«, rezitierte Frau Cheng. »Als Wilder Ingwer in meine Klasse kam, wusste ich gleich, dass sie begabt ist und sich früher oder später hervortun würde.«

Die Fischerfrau Jung wurde auf die Bühne gebracht, um ihre Geschichte zu erzählen. »Es überrascht mich nicht, dass der Vorsitzende Mao Wilder Ingwer empfangen will«, sagte Jung. »Wilder Ingwer ist die Beste von all seinen Anhängern. Dem Volk mit Herz und Seele dienen ist genau das, was Wilder Ingwer schon immer tut.«

Scharfer Pfeffer bahnte sich einen Weg durch die Menschenmenge und wollte der Heldin die Hand schütteln. Wilder Ingwer ignorierte sie und ging schnurstracks an ihr vorbei, um einem Radiojournalisten ein Interview zu geben. Kurz darauf tönte ihre Stimme voll und leidenschaftlich aus den Lautsprechern.

Am Schultor wartete der Jeep des Parteigeneralsekretärs auf Wilder Ingwer. Er war geschmückt mit roten Krepppapierblumen. Die Menschenmenge jubelte.

Wilder Ingwer kam umgeben von Leuten in Uniform aus dem Büro des Schulleiters. Bevor sie ins Auto steigen konnte, wetteiferten der Rektor und die Parteioberen des Viertels und Bezirks miteinander, Wilder Ingwer ihre Verehrung zu zeigen. Sie nahmen ihre eigenen hoch geschätzten Mao-Buttons ab und steckten sie Wilder Ingwer an.

»Lernt von unserer Heldin Wilder Ingwer!«, führte Scharfer Pfeffer den Sprechchor der Menschenmenge an.

»Wir grüßen unsere Heldin Wilder Ingwer!«

»Lang lebe der Vorsitzende Mao!«

Ich reihte mich ein und schrie mit. Ich dachte an den Schirm von Scharfer Pfeffer und an das zerbrochene Rechenbrett von Wilder Ingwer.

Das Treffen zwischen Wilder Ingwer und dem Vorsitzenden Mao bewirkte folgende Ereignisse:

Erstens, das Nachbarschaftskomitee unseres Viertels setzte in einer Bekanntmachung die Öffentlichkeit davon in Kenntnis, dass die Identität der verstorbenen Eheleute Pei neu bewertet worden war. Statt als »französische Spione«

wurden sie jetzt als »internationale Kommunisten« eingestuft.

Zweitens, die Unterhaltung zwischen Wilder Ingwer und dem Vorsitzenden Mao wurde landesweit abgedruckt. Sie lautete wie folgt:

Wilder Ingwer: Vorsitzender Mao, unglücklicherweise wurde ich mit einem politischen Defekt geboren. Ich bin zu einem Viertel französisch.

Vorsitzender Mao: Der verstorbene Doktor Norman Bethune war kein Chinese. Aber das hat ihn nicht davon abgehalten, nach China zu kommen und an der Chinesischen Revolution teilzunehmen. Es hat ihn nicht daran gehindert, ein Krankenhaus zu eröffnen und unserer Roten Armee zu dienen. Er starb im Dienst, an einer Blutinfektion, doch seine Einstellung, seine Aufopferung für andere ohne Rücksicht auf sich selbst, zeigte sich in seiner Arbeit, in seiner Herzlichkeit gegenüber allen Genossen und dem Volk. Von ihm müssen wir lernen, was es heißt, absolut selbstlos zu sein. Die Herkunft eines Menschen ist unwichtig. Die Leistung zählt und macht ihn zu dem, was er ist. Die Fähigkeiten eines Menschen mögen groß oder klein sein, aber wenn er jene Einstellung hat, ist er bereits edelmütig und rein, er besitzt moralische Integrität und steht über niederen Interessen. So ein Mensch ist wertvoll für das Volk.

Wilder Ingwer: Lieber Vorsitzender, ich danke Ihnen für die Erleuchtung.

Vorsitzender Mao: Gleichermaßen ist die Revolution nicht nur eine chinesische Angelegenheit. Karl Marx war auch kein Chinese. Die Chinesische Revolution steht in der Tradition der Französischen Revolution. Du kannst stolz sein, das Blut einer Internationalistin zu haben.

Wilder Ingwer: Was soll ich tun, um mein Leben weiterhin Ihren Lehren zu widmen?

Vorsitzender Mao: Vergiss nie, dass die Pflicht zur Befeiung der Welt auf den Schultern der jungen Menschen ruht.

Drittens, das ganze Viertel half mit, Wilder Ingwers Haus herzurichten. Da dies ein politisch motiviertes Projekt war, war es in einer Woche in Stand gesetzt. Der Bezirksparteisekretär kam persönlich und rollte Ärmel und Hosenbeine hoch, um mitzuarbeiten.

Viertens, Wilder Ingwer wurde nicht nur das ganze Schulgeld bis zum Ende der Schulzeit erlassen, sie bekam auch eine monatliche Beihilfe. Ihr wurde der Status einer Waise revolutionärer Märtyrer zuerkannt, und sie erhielt eine stattliche Märtyrer-Rente.

Fünftens, Wilder Ingwer wurde das jüngste Mitglied der Kommunistischen Partei und zur Oberbefehlshaberin der Roten Garde ernannt.

Der Tag, an dem Wilder Ingwer zurückkehrte, wurde zum Festtag erklärt. Eine Parade sollte sie willkommen heißen. Ab dem Flughafen waren die Straßen mit Flaggen geschmückt. Hunderttausende Schüler säumten die Straßen, um ihr zuzuwinken; für den normalen Verkehr waren die Straßen gesperrt. Die Menschenmasse zog sich durch die ganze Stadt bis zum östlichen Ende – dem Ufer des Flusses Huangpu.

Mir hatte man eine große Aufgabe zugedacht: Ich sollte eine menschliche Skulptur der Heldin darstellen und den

Höhepunkt der Parade bilden. Ich stand in siebeneinhalb Meter Höhe auf einem Bus, der zu einer Bühne umgebaut worden war. Hinter mir marschierten hundert Trommler in roter Seidenkleidung, deren Trommelstöcke mit bunten Seidenbändern umwickelt waren. Die Trommeln waren so groß wie Gartenteiche.

Ich war in eine grüne Uniform mit Gürtel gekleidet und trug meine Haare wie Wilder Ingwer: zwei kurze Zöpfe hinter den Ohren. In der Hand hielt ich ein übergroßes Pappbuch mit Mao-Zitaten. Ich sollte mit rausgestreckter Brust dastehen und den Kopf im Winkel von fünfundvierzig Grad halten. Mein rechter Knöchel war zur besseren Standfestigkeit an eine Stange gebunden. Zu meinen Füßen befanden sich vier Jungen auf allen vieren, die die Schurken darstellten. Der mit der dunklen Brille sollte der Buchhalter Choo sein. Die drei anderen spielten den Zigarettenverkäufer, den Sepiaverkäufer und den Spirituosenverkäufer. Ihre Gesichter waren blau und violett angemalt, meines war rot und rosa gepudert. Wir schwitzen alle sehr.

Sobald Wind aufkam, schwankte die Bambusstange, die mir Halt geben sollte. Obwohl der Busfahrer langsam fuhr, hatte ich ziemlich große Angst. Ich befürchtete, jeden Moment durch die Luft geschleudert zu werden. Bei unserem Anblick jubelte die Menschenmenge lautstark. Ich versuchte, so gelassen wie möglich zu bleiben, aber jedes Mal, wenn der Bus ruckartig anhielt, bog sich die Stange ganz fürchterlich. Vor Angst machte ich mir fast in die Hose. Die Jungen zu meinen Füßen baten mich, nicht zu schreien, und versprachen, mich nötigenfalls festzuhalten. Allmählich gewöhnte ich mich an das Schwanken. Wo immer unser Bus vorbeikam, schrien die Kinder: »Seht! Unsere Heldin Wilder Ingwer! Wilder Ingwer!«

Ich war erschöpft. Die Jungen hatten ihre Position verlassen und lehnten sich aneinander. Das nächste Mal schwankte die Bambusstange so stark, dass ich fast auf den Köpfen der Trommler landete. Als sie wieder zurückschwang, stieß ich einen tiefen Seufzer aus. Die Jungs hielten anerkennend ihren Daumen hoch – womit sie aus ihrer Schurken-Rolle fielen.

Die Trommeln ließen die Stadt erzittern. Nachdem die Parade die Befreiungsallee überquert hatte, konnte ich das Hafenviertel sehen. Hinter den Trommlern folgten Akkordeonbands, die Träger der Roten Fahnen und die Sonnenblumentänzer.

»Macht die Mitte frei und geht an den Seiten!«, erklang der Befehl des Parteigeneralsekretärs, der über Lautsprecher weitergegeben wurde. »Lasst die Heldin durch.«

»Willkommen zu Hause! Ein herzliches Willkommen!«, jubelte die Menge.

Als schließlich ein grüner Jeep erschien, angeführt von drei Motorrädern, war ich ganz aufgeregt.

Wilder Ingwer stand, eskortiert von vier bewaffneten Soldaten, in dem offenen Jeep und winkte der Menschenmenge zu. Sie trug eine komplette, neue Armeeuniform, inklusive Mütze mit rotem Stern. Sie strahlte und war wunderschön.

Ob sie mich sah? Wusste sie, dass ich sie spielte? Ich klatschte so fest, dass meine Hände wehtaten. Das alles kam mir unwirklich vor, wie ein Traum.

Ihr Haus war auf Anordnung einen Tag vor ihrer Rückkehr fertig geworden. Der beste Kalligraph des Landes hatte die Wände mit ihren liebsten Mao-Zitaten beschriftet. Auf Keramikkacheln gemalte Sonnenblumen säumten die Dachränder. Das Haus wirkte wie ein glitzerndes Schloss inmitten öder Felsen.

Ob sie in dem neuen Haus ihre Mutter vermissen würde?

12

Jetzt stand sie vor mir. Wir hatten uns nur einen Monat nicht gesehen, doch sie schien viel mehr gewachsen zu sein als ich. Hier im Sonnenschein strahlten ihre Augen mehr denn je. Sie trug neue grüne Armeestiefel. Wir gingen plaudernd von ihrem Haus zu meinem und wieder zurück. Schließlich ließen wir uns unter dem Feigenbaum nieder und unterhielten uns bis tief in die Nacht.

»Du wirst es nicht glauben, Ahorn. Ich habe ein Problem.« Ihre Stimme klang verändert.

»Klar, du hältst dein Glück nicht aus.«

»Im Ernst. Ich brauche deinen Rat.«

»Sag's mir, stört dich deine Frostbeule?«

»Zwischen Immergrün und mir ist etwas Schlimmes passiert.«

»Ich weiß nur noch, dass du ihm deine Seifensammlung zeigen wolltest und er dir sein Holzschiff.«

»Genau da ist es passiert.«

»Was? Was ist passiert?«

»Es ist … wie soll ich es sagen … ungesund.«

»Ungesund?«

»Wir waren bei mir zu Hause.«

»Und?«

»Ganz allein.«

»Und?

»Ich bin sechzehn.«

»Und er ist achtzehn. Wovor hast du Angst?«

»Ach«, seufzte sie entmutigt, »du verstehst es nicht.«

»Dann erklär es mir.«

»Ich weiß nicht.«

»Du denkst, ich bin dumm.«

»Es ist verwirrend.«

»Hat … hat er …?« In diese Richtung wollte ich lieber nicht weiterdenken.

»Nein, natürlich nicht. Wie könnten wir … wir sind beide Maoisten!«

»Wo liegt dann das Problem?«

»Bei mir. Ich wollte … ich … also es ist furchtbar, seltsam und gleichzeitig fantastisch.«

»Was hast du gemacht?«

»Nichts.«

»Na also.«

»Es ist in mir drin passiert, im Kopf. In dem Moment hat sich alles verändert.«

»Ich verstehe.«

»Nachdem wir uns gegenseitig unsere Schätze gezeigt hatten und nicht mehr wussten, was wir sagen sollten, wurde es ganz komisch. Plötzlich waren wir verlegen. Er sagte, er müsse gehen, rührte sich aber nicht vom Fleck. Ich sagte auf Wiedersehen, aber in meinem Herz betete ich, er möge noch bleiben.«

»Warum hast du nicht über den Vorsitzenden Mao geredet. Über ihn redest du doch gern.«

»Ich war nicht ich selbst. Ich war nicht der Mensch, den ich kenne.«

»Verstehe.«

»Ich habe ihn mit den Augen verschlungen. Es war … als würde ich verführt. Ich fühlte es kommen, wie es mich unter Wasser ziehen wollte.«

»Und er?«

»Er starrte mich an wie ein Verbrecher, der gerade sein Todesurteil vernimmt.«

»Wie spät war es?«

»Ich weiß es nicht mehr. Es wurde schon dunkel. Ich hatte irgendwie Angst vor mir selbst, als würde ich verrückt werden. Weil ich wollte, dass …«

»Was?«

»Ich wollte ihn. Ich wollte seine Lippen auf meinem Mund spüren.«

Ich starrte sie an.

»Haarsträubend, nicht wahr?«, sagte sie, nachdem ihr klar geworden war, dass ich nicht antworten konnte oder wollte. »Es war furchtbar. Ich war so hilflos. Ich konnte einfach nicht aufhören, daran zu denken. Ich wusste, dass es unrecht war. Ich bin Maoistin. Ein Vorbild für die Jugend. Ich habe der Partei und mir selbst gelobt, rein zu sein. Und da stand ich, bereit, meine Ehre wegzuwerfen und einer Versuchung zu erliegen.«

»Ich beneide dich.«

»Ahorn, was für einen Unsinn redest du da?«

»Der Körper tut, was ganz natürlich ist.«

Ihr Gesichtsausdruck veränderte sich. »Hör bitte auf. Du redest wie ein Reaktionär.«

»Also wirklich, Wilder Ingwer, mir gegenüber musst du doch nicht immer im Dienst sein. Wir kennen uns doch.«

»Offensichtlich nicht.«

»Hör auf.«

»Ich meine das wirklich ernst.«

Ich erwiderte nichts und wandte mich ab.

»Bitte, Ahorn.«

»Ich kann nicht sagen, was du hören willst.«

»Auch gut.«

»Aber ich stimme nicht mit dir überein.«

»Alle müssen sich von den Prinzipien des Vorsitzenden Mao leiten lassen.«

»Und wie ist das mit Privatangelegenheiten? Mit Intimität, wenn man jemandem vertraut, der seinerseits das Vertrauen zu würdigen weiß?«

»In der Welt der wahren Proletarier existiert diese Intimität nicht. Unser Grundsatz lautet: Wir leben für eine Sache, nämlich dem Vorsitzenden Mao zu dienen und uns ihm zu opfern.«

»Dann bekennst du dich nicht zur Liebe?«

»Das ist bourgeois. Dieses Wort solltest du aus deinem Vokabular streichen.«

Wir standen jetzt bei der Müllsammelstelle, wo Wilder Ingwer sich einmal in die Hand gestochen hatte. Es schien ein sicherer Ort, um die Diskussion fortzuführen, weil uns hier niemand hören konnte.

Es war Spätherbst, und die Blätter tanzten im Wind. Meine Füße in den Sandalen wurden allmählich kalt. Um sie warm zu halten, zermalmte ich mit den Sohlen die Blätter und hüpfte ab und zu auf der Stelle. Unsere Diskussion führte zu nichts. Wir stritten, ohne jedoch unsere Stimmen zu erheben. Erstaunt erfuhr ich, dass sie in Peking in einem »Gelöbnis-Brief« Loyalität geschworen hatte. Die Idee dazu hatte der Obersekretär der Nationalen Kommunistischen Jugendliga gehabt. In dem Brief stand, dass sie, um Dienerin des Volkes und Maoistin zu sein, ihr Privatleben aufgab und somit auch eine Eheschließung ausschloss. Das »Haus des Volkes für Bildung und Literatur« hatte ihr vertraglich zugesichert, während der kommenden zehn Jahre ihr Tagebuch zu veröffentlichen. Ihre Texte würden in Schulbücher aufgenommen und von Schülern aller Klassen auswendig gelernt werden.

»Es ist eine große Ehre, unsterblich zu werden«, sagte sie.

Ich fragte sie, ob sie dies für den richtigen Weg hielt.

»Zweifellos«, erwiderte sie.

»Und was ist mit Immergrün?«

»Ich werde über meine Gefühle für ihn hinwegkommen.«

»Heißt das, du wirst nicht …«

»Wir sind revolutionäre Gesinnungsgenossen.«

»Nein, ich meine, wirst du jemals näher mit ihm … zu tun haben?«

»Meinst du wie …«

»Ich meine wie … ein Liebespaar.«

»Niemals.«

»Und das soll ich dir glauben?«

»Der Vorsitzende Mao lehrt uns: ›Ein wahrer Kommunist hält sein Wort.‹«

»Was willst du von mir hören?«

»Dass du stolz auf mich bist.«

»Das bin ich. Aber auch traurig.«

»Warum?«

»Ich kann mir nicht vorstellen, wie du ohne einen Gefährten leben willst. Du wirst einsam sein.«

»Ein Maoist ist niemals einsam. Siehst du nicht die vielen Leute, die ich um mich habe? Milliarden von Leuten lieben mich und sehen zu mir auf.«

»Das meine ich nicht.«

»Werd erwachsen, Ahorn.«

»Du … du willst nicht mit Immergrün zusammen sein, ist das richtig?«

»Falsch.«

»Das verstehe ich nicht.«

»Ich werde mit ihm zusammen sein. Wir werden viel Zeit zusammen verbringen, sogar unser ganzes Leben, aber ohne körperlichen Kontakt.«

»Nicht ein bisschen?«

Sie nickte, schien vollkommen zuversichtlich.

»Und was ist mit Immergrün? Wird er deine Bedingungen akzeptieren?«

»Das muss er, wenn es stimmt, was er behauptet … dass ich ihm wichtig bin.«

»Was ist, wenn er entdeckt, dass Liebe nicht nur geistige Erfüllung braucht?«

»Dann muss er gehen.«

»Würdest du das zulassen?«

»Wie ich schon sagte, an erster Stelle steht meine Loyalität gegenüber dem Vorsitzenden Mao.«

»Und was ist mit deinem Verlangen?«

»Das ist genau der Punkt, an dem ich dich brauche, Ahorn. Ich bin fest entschlossen, das wilde Tier in mir zu besiegen. Am Anfang wird es schwer sein, aber ich werde es schaffen. Immergrün und ich werden uns an ein Zusammensein gewöhnen wie …«

»Bruder und Schwester?« Mein Ton war sarkastisch.

Das machte ihr nichts aus. »Wir müssen einfach unser Denken ändern. Jeder schlechte Gedanke wird sofort im Keim erstickt. Wir werden uns erst selbst bezwingen und dann die ganze Welt.«

»Und wenn es dich überkommt?«

»Dann musst du mir helfen, mich zu zügeln.«

»Ich werde mein Bestes tun, aber …«

»Du machst das schon.«

»Dann sag mir, wie.«

»Einfach nur da sein.«

»Wo?«

»Wo wir sind.«

»Wir? Du meinst du und Immergrün? Du willst, dass ich wie eine Glühbirne zwischen dir und ihm hänge?«

»Genau. Wenn du dabei bist, kann ich meine Triebe im Zaum halten.«

»Aber Immergrün wird mich rausschmeißen!«

»Er wird nicht wissen, dass du da bist.«

»Wie meinst du das?«

»Du wirst dich verstecken.«

»Wo?«

»Im Wandschrank.«

13

Nach dem Abendessen drängte sie mich, schnell in dem Schrank mitten an der langen Wand zu verschwinden. Sie hatte die bunten Glaseinsätze so platziert, dass ich hindurchsehen konnte, ohne selbst gesehen zu werden. Der Schrank war ursprünglich der Kamin im Wohnzimmer gewesen, doch beim Umbau hatte man alle Wände herausgeschlagen und das ganze Haus in einen riesigen Raum verwandelt. Die roten Holzpaneele, in Kalligraphie stilvoll mit Mao-Gedichten beschrieben, dienten laut Wilder Ingwer dazu, die künftigen Mao-Studiengruppen in kleine Diskussionszirkel zu unterteilen. Ihr Wohnbereich nahm ein Viertel des Raums ein. Ihr Bett stand links, die Küche war rechts, und der Tisch mit zwei Bänken befand sich in der Mitte.

Wir warteten auf Immergrün.

»Es ist eine große Erleichterung für mich zu wissen, dass du im Schrank bist«, sagte sie aufgeregt. »Ich fühle mich beschützt.« Sie war voller Elan. Sie trug eine weiße Baumwollbluse mit roten Pflaumenblüten am Kragen. Die Bluse spannte über ihren schon ziemlich weit entwickelten Brüsten. Sie trug einen Büstenhalter mit den kleinsten Körbchen. Ich fand nicht, dass sie den Körper einer Chinesin hatte.

»Bist du startklar?« Sie klang aufgeregt. »Er kann jeden Moment kommen.«

Ich hatte gemischte Gefühle bei dem Ganzen, denn Immergrün zu bespitzeln, behagte mir gar nicht. Erstens respektierte ich ihn, und zweitens war ich – offen gesagt – eifersüchtig. Immergrün gefiel mir nämlich ausgesprochen gut, obwohl das leider umgekehrt nicht der Fall zu sein schien. Deshalb war es mir unangenehm, mit anzusehen, wie er Wilder Ingwer hofierte.

Trotzdem konnte ich ihr die Bitte nicht abschlagen. Sie hatte mich vor dem Schirm von Scharfer Pfeffer gerettet, und ich war fest entschlossen, mich dafür erkenntlich zu zeigen. Es war meine Pflicht, ihr zu helfen. Und ich wollte sie beschützen.

Schließlich klopfte es zaghaft an der Tür. Immergrün kam mit einem Mao-Buch unterm Arm herein. Zur Begrüßung reichte er ihr kameradschaftlich die Hand. Beide wirkten verlegen. »Mach es dir bequem«, sagte Wilder Ingwer und ging ihm ein Glas Wasser holen. Er starrte auf ihre neuen Sandalen mit den weichen Sohlen, die sie selbst gemacht hatte. Sie war sehr geschickt darin, während meine Schuhe immer schief waren. Wenn ich die Sohle mit dem Obermaterial zusammennähte, sah der rechte Schuh immer aus wie eine schlecht gewickelte Teigtasche. Ich musste ihn mit dem Hammer bearbeiten, damit er wie der linke aussah.

Immergrün ließ sich auf der Bank nieder. Er trug eine Freizeithose und einen blauen Pullover mit einer 8 auf der Brust. Auf dem Rücken stand BESTEIGER DER CHINESISCHEN MAUER. Dazu hatte er weiße Tennisschuhe an.

»Hast du schon gegessen?«, fragte er Wilder Ingwer leicht nervös.

»Ja«, antwortete sie errötend.

Er kratzte sich am Kopf, dann strich er über seine Augenbrauen.

Sie setzte sich auf die Bank ihm gegenüber. »Sollen wir anfangen?«

Er nickte und schlug das Mao-Buch auf.

»Wie gefällt dir eigentlich die Wohnung?«, fragte sie beim Umblättern.

»Gut. Sie erinnert mich an das Lagerhaus, wo mein Vater gearbeitet hat. Ich mag große Räume.«

»Ich habe alle vier Wände rot streichen lassen, hast du es bemerkt?«, fragte sie stolz. »Die Mao-Porträts habe ich selbst gemacht. Sie sind nicht perfekt, aber sie kommen von Herzen. Ich habe vor, den Raum für eine permanente Mao-Ausstellung zu nutzen.«

»Das sieht man.« Er stand auf und bewunderte die Kalligraphie der Mao-Gedichte.

»Gib auf die Statue Acht«, warnte sie, als er sich umdrehte. Beim Eingang stand eine lebensgroße, mit erhobenem rechtem Arm winkende Mao-Statue, die im Dunkeln leuchtete.

»Leuchtet sie nachts wirklich?«

»Sie erwacht zum Leben.«

»Ich kann mir richtig vorstellen, wie du mit ihm sprichst.«

»Das tue ich auch.«

Er ging zurück und setzte sich wieder. Sein Blick fiel auf Frau Peis alte Wanduhr, die bei der Plünderung durch die Rote Garde beschädigt worden war. Nach Wilder Ingwers Treffen mit dem Vorsitzenden Mao wurde dem Bezirksparteisekretär persönlich aufgetragen, die Uhr ausfindig zu machen und repariert an Wilder Ingwer zurückzugeben.

»Der ist wirklich toll!« Immergrün zeigte auf den Gasherd. »Was für ein Luxus!« Er streckte den Arm aus, spielte mit dem Knopf und stellte erstaunt fest, dass er funktionierte. »Du musst nie wieder in den dreckigen Kohleladen gehen und Kohle schleppen. Der hätte deiner Mutter sicher gefallen.«

»Bestimmt.« Wilder Ingwer senkte den Kopf und sah auf die Pflanzen auf dem Boden. Kamelien, rotes Gras, Orchideen und dickblättriger Bambus – alles Frau Peis Lieblingspflanzen.

»›Gut darin sein, Parteipolitik in Aktionen der Massen umzusetzen, gut darin sein, nicht nur die führenden Kader, sondern auch die breite Masse dazu zu bringen, jede Bewegung und jeden Kampf, den wir in Gang setzen, zu verstehen und zu meistern – das ist die Kunst marxistisch-leninistischer Führung. Daran lässt sich ebenfalls erkennen, ob wir Fehler bei unserer Arbeit machen oder nicht …‹«

Sie wechselten sich beim Lesen von Maos Lehren ab. Als Nächstes war Immergrün dran. Er hatte eine angenehme Stimme, und sein Mandarin war perfekt. »›Die Führungsgruppe kann noch so aktiv sein, die Bemühungen einer Hand voll Menschen werden fruchtlos bleiben, solange sie nicht mit den Aktivitäten der Massen verknüpft werden. Wenn andererseits die Massen ohne die Hilfe einer starken Führungsgruppe, die ihre Aktivitäten angemessen organisiert, aktiv werden, können solche Aktivitäten nicht lange durchgehalten oder in die richtige Richtung gelenkt werden oder auf eine höhere Ebene gelangen.‹«

Jetzt war Wilder Ingwer wieder an der Reihe: »›Die Produktionstätigkeit der Massen, die Interessen der Massen, die Erfahrungen der Massen, die Stimmungen der Massen – all dem müssen die führenden Kader stets ihre Aufmerksamkeit schenken …‹«

Ich wünschte mir, ich hätte mich mehr für diese Lehren interessiert. Gelangweilt wartete ich darauf, dass sie eine Pause einlegten.

Endlich, nachdem die Uhr zehn geschlagen hatte, nahm ich eine leichte Unruhe wahr.

Ich sah durch das Guckloch. Immergrün legte gerade sein Mao-Buch beiseite.

Wilder Ingwer hob den Kopf.

Sie starrten sich an.

Immergrün nahm seine Tasse und trank das Wasser in einem Zug aus.

»Band drei, Seite dreihundertdreizehn, ›Über die Koalitionsregierung‹. Bist du so weit?«

Er klang geradezu wütend: »›Die Kommunisten müssen jederzeit bereit sein, sich für die Wahrheit einzusetzen …‹«

Sie wirkte verwirrt, las aber weiter im Text: »›… denn die Wahrheit stimmt mit den Volksinteressen überein … die Kommunisten müssen jederzeit bereit sein …‹« Immergrün stand plötzlich auf, dann setzte er sich frustriert wieder hin und fuhr fort: »›… ihre Fehler zu berichtigen …‹«

»›… denn jeder Fehler läuft den Volksinteressen zuwider.‹« Sie atmete tief ein.

Er blätterte nicht weiter.

Sie schloss das Buch.

Er sah sie an.

Sie wandte sich ab.

»Ich muss gehen«, stieß er aus und stand auf.

»Noch einen Abschnitt«, sagte sie. »Wir müssen unser Tagesziel erreichen.«

Er setzte sich wieder hin.

»Band drei, Seite zweiundfünfzig, ›Den Arbeitsstil der Partei verbessern‹, der Vorsitzende Mao lehrt uns …«

»›Worauf auch immer der Kommunist stößt, er muss stets fragen: Warum? ‹«, las Immergrün. »›Er muss es allseitig und selbstständig durchdenken; er muss überlegen, ob es der Realität entspricht und wirklich wohl begründet ist …‹«

Sie warf ihm einen verstohlenen Blick zu, dann fuhr sie fort: »›… man darf in keinem Fall blindlings mitlaufen und sklavischen Gehorsam fördern …‹«

An dem Punkt stand er auf und eilte zum Flur. Ohne sich zu verabschieden, rannte er hinaus und warf die Tür hinter sich zu.

Wilder Ingwer war still wie die Uhr an der Wand.

»Danke, das war ein Erfolg«, sagte sie schwach.

»Wolltest du, dass er bleibt?«

Sie wandte sich mir zu und rezitierte: »›Positive Gedanken zu provozieren ist ebenso wichtig wie der Kampf gegen negative. Sentimentalität zuzulassen ist genauso schlecht, wie Staatsgeheimnisse an den Feind zu verraten.‹«

In ihrer Stimme klangen Tränen mit.

Als ich am Abend nach Hause kam, stellte ich meiner Mutter zum ersten Mal Fragen über Männer.

»Schäm dich«, war Mutters Antwort. »Hast du nichts Besseres zu tun? Wir haben wieder nichts zu essen. Geh mit deinen Brüdern und Schwestern zum Markt und hol Blätter aus den Abfalleimern.«

»Dazu ist es viel zu spät, die essbaren sind schon lange weg.« Ich war deprimiert.

»Dann geh morgen früh, wenn alle anderen noch schlafen.«

Seit drei Wochen vollzogen Wilder Ingwer und Immergrün nun das gleiche Ritual. Sie saßen sich dicht gegenüber und verhielten sich wie schlecht gemachte, steife Puppen. Das letzte Mal hatten sie sich bei Immergrüns Ankunft nicht einmal begrüßt. Das Zusammensein schien ihnen keinerlei Freude zu bereiten, und doch wollte keiner von beiden damit aufhören. Es war, als seien sie süchtig.

Ich hatte allmählich genug von meinem Schrankdasein. Meine Ungeduld wuchs. Im Dunkeln schossen mir Gedanken durch den Kopf. Mein Verstand glich einer Collage aus Bildern von unzusammenhängenden Ereignissen, wobei Vergangenheit und Gegenwart ineinander verwoben waren. Meine überschäumende Phantasie produzierte furchtbare Zukunftsvisionen. Ich war besessen davon, was passieren könnte, und wild entschlossen, so lange im Schrank zu bleiben, bis ich »es« sah.

Ich kann mich nicht mehr genau daran erinnern, ab wann mein Interesse sich nur noch auf einen Punkt konzentrierte. Als ich eines Abends durch das Guckloch sah, wurde mir klar, dass ich nur Immergrün im Visier hatte. Ich sah ihn mir eingehend an, auf die abstoßendste Art und Weise: Ich merkte mir die Zahl der Pickel in seinem Gesicht, ihre Stelle und Größe, wie sie sich von Tag zu Tag veränderten, wie seine Haut sich schälte und neue nachwuchs. Ich prägte mir die Form seiner breiten Schultern ein, seiner großen Hände und dicken Finger. Ich hing an seinen Lippen. Ich spitzte die Ohren, wenn seine Stimme erklang. In meinem Inneren machten sich verdorbene Gedanken breit.

Ich sagte Wilder Ingwer, dass ich damit aufhören wollte.

»Das würde ich als Verrat betrachten.« Verärgert drohte sie, mir die Freundschaft aufzukündigen.

Ich bat sie inständig, bettelte geradezu.

Wilder Ingwer ergriff zutiefst besorgt meine beiden Hände. »Lass uns darüber reden.«

Ich schüttelte den Kopf. »Du musst mich von dieser Pflicht befreien, bevor etwas Furchtbares passiert.«

Sie lachte. »Du langweilst dich bloß.«

»Lass uns eine Pause einlegen«, sagte Wilder Ingwer um neun Uhr. Sie sah Immergrün an. Ihr Lächeln wirkte nervös.

Seit seinem Eintreffen hatte Immergrün sich merkwürdig verhalten. Er rutschte unruhig auf seinem Sitz umher, kämpfte scheinbar mit sich selbst. »Haben wir genug gelesen?«, fragte er schließlich.

Sie wich seinem Blick aus. »Willst du einen Tee?«

Er stand auf und folgte ihr zum Herd. Sie zündete ein Streichholz an und stellte den Topf auf.

Er betrachtete den Herd.

»Versuch es selbst.« Sie drehte das Gas ab und warf ihm die Streichhölzer zu.

Er riss ein Streichholz an.

Sie drehte das Gas auf. »Jetzt.«

Er streckte die Hand aus.

Der Flammenring glich einer blauen Halskette.

Er drehte sich mit dem brennenden Streichholz in der Hand zu ihr hin.

»Pfff!« Sie hatte sich vorgebeugt und es ausgeblasen. »Willst du mir die Haare verbrennen?«

Sie standen nur wenige Zentimeter voneinander entfernt.

Seine Hände bewegten sich wie von alleine auf sie zu.

Er umfasste ihren Kopf und Nacken.

Verwirrt über seine eigene Kühnheit, verharrte er bewegungslos.

Sie wehrte sich, lief aber nicht weg.

Er beugte sich zu ihren Lippen vor.

Ihr Verstand schien still zu stehen.

Er presste seine Lippen auf ihre.

Mein Herz raste.

Ihre Küsse entwickelten sich langsam zu einem Ringkampf.

Er begann sich auszuziehen.

Er schob sie in Richtung Wand.

Seine Kleidung fiel Stück für Stück ab, zuerst die Jacke, dann das Hemd. Sein Oberkörper war jetzt nackt.

Ihr Wille schien gelähmt. Sie ließ sich von ihm in die Arme nehmen.

An der Wand presste er seinen Körper an sie.

Ich hielt den Atem an.

Im Schrank war keine Luft.

Ich dampfte vor Hitze und versuchte, nicht zu atmen und nicht zu blinzeln.

Ich sah, wie er den Reißverschluss seiner Hose aufzog.

Seine Hose schälte sich ab wie eine Bananenschale.

Sein Po war dunkelbraun und muskulös. Er erinnerte mich an ein Pferd.

»Immergrün«, schrie Wilder Ingwer.

Er antwortete nicht, sondern kniete nieder und zog sie hinunter auf den Boden.

»Immergrün!«

Er hob sie mit dem Arm leicht an, schob seine Jacke unter ihren Rücken, legte sich auf sie und begann, sie zu streicheln.

Ich war wie gebannt.

Wilder Ingwer schrie. Ich wusste nicht, ob vor Schmerz oder Freude.

Er knöpfte ihre Bluse auf. Ihre Brüste kamen zum Vorschein, und er presste seinen Oberkörper an sie.

»Nein!«, schrie sie, wie aus einem Traum erwacht.

Er schloss sie wieder in die Arme.

»Nein!«, wiederholte sie und stieß ihn weg. Sie setzte sich auf und sah in meine Richtung.

Er schien verwirrt und folgte ihrem Blick zum Schrank.

Ich wurde nervös und entfernte mich ruckartig vom Guckloch, wobei ich etwas umwarf.

»Was war das?« Immergrün wirkte alarmiert.

»Die Katze meines Nachbarn.« Wilder Ingwer schob ihn von sich. »Sie versteckt sich gern im Schrank.«

Der Abend war zu Ende. Immergrün ging frustriert nach Hause. Ich kam erschöpft aus dem Schrank. Wilder Ingwer dankte mir. Sie war stolz auf sich selbst und versprach, meine Hilfe nicht mehr lange zu benötigen.

Ich fühlte mich irgendwie manipuliert und sagte, ich würde gern nach Hause gehen.

»Du willst nicht mehr plaudern?« Ihre Wangen waren rosig. Sie war umwerfend schön. »Willst du nicht wissen, was ich fühle? Du hast alles gesehen, nicht wahr?«

»Es ist schon spät.«

»Deine Mutter weiß, dass du bei mir bist.« Sie folgte mir zur Tür.

»Wie fühlst du dich denn?« Ich blieb stehen und drehte mich um.

Sie schien nicht zu sehen, was mit mir los war. »Ich habe es fast bedauert, den Brief unterschrieben und mein Privatleben aufgegeben zu haben.«

»Ihr zwei … passt zusammen.«

»Wie meinst du das?«

»Ihr seid ein schönes Paar«

»Er besitzt eine merkwürdige Macht. Es ist schwer für mich, dagegen anzukommen. Er hat mich fast dazu gebracht, Gift zu trinken.«

»Würdest du das tun?«

Ihr Lächeln war umwerfend. »Ich habe mich bereits entschieden – an erster Stelle steht der Vorsitzende Mao.«

»Warum machst du dann überhaupt mit Immergrün rum?«

»Wenn ich das nur wüsste. Ein Teil von mir kann ihm einfach nicht widerstehen. Ich weiß, dass ich mit dem Feuer spiele. Aber ich bin auf der Hut. Ich habe dich als Feuerlöscher zur Hand.«

Ich wollte sagen, sie sei egoistisch, murmelte aber bloß: »Das war ziemlich lehrreich.«

Sie kicherte. »Hast du zum ersten Mal einen männlichen Körper gesehen?«

»Und einen weiblichen auch, abgesehen von meinem eigenen.«

»Das … Ding, sein Werkzeug, ist ziemlich hässlich, oder?«

Ich stand auf, fühlte mich unwohl. »Ich muss jetzt gehen, Wilder Ingwer.«

»Kann ich auf dich zählen, wenn Immergrün das nächste Mal kommt?«

Ich nahm all meinen Mut zusammen und lehnte ab.

»Oh, bitte.« Sie schlang die Arme um meinen Hals. »Ich habe sonst niemanden.«

»Aber es ist das letzte Mal.«

»In Ordnung, das letzte Mal.«

Am nächsten Morgen hatte ich Mühe aufzustehen. Ich fühlte mich niedergeschlagen. Zum Glück war Sonntag. Ich blieb bis Mittag im Bett. Meine Mutter glaubte, ich sei krank. Sie schickte meine Schwester Erh-Mei zum Markt, um Ingwer zu kaufen, damit sie mir eine Suppe kochen konnte. Es dauerte ewig, bis Erh-Mei zurückkam.

»Wo warst du so lange?«, fragte Mutter leise, weil sie glaubte, ich würde schlafen.

»Es gab eine Parade«, berichtete Erh-Mei.

»Jetzt sag nur nicht, die Rote Garde will uns wieder den Zoo-Tanz beibringen.«

»Stimmt genau. Übrigens, Mama, es heißt *Zhong*-Tanz. ›*Zhong*‹ steht für Loyalität, nicht ›Zoo‹. Du kriegst Schwierigkeiten, wenn du das Wort falsch aussprichst. Man wird dich als Reaktionärin bezeichnen und wie Frau Pei behandeln.«

»Also gut, dann sage ich das Wort einfach nicht mehr.«

»Ich fürchte, das musst du aber. Die Zhong-Tanzlehrer kommen diese Woche zum Unterrichten in unser Viertel. Alle müssen mitmachen. Es ist Pflicht und dauert die ganze Woche. Die Leiter deiner Arbeitseinheit sind schon benachrichtigt. Alle Arbeiter werden freibekommen, um am Tanz teilzunehmen.«

»Ich werde in der Zeit nach Hause schleichen«, sagte Mutter.

»Nein, wenn du das tust, wirst du bestraft«, warnte Erh-Mei. »Am Ende des Unterrichts findet eine Probeaufführung statt. Wenn du sie nicht bestehst, wird deine Loyalität gegenüber dem Vorsitzenden Mao in Frage gestellt.«

»Aber ich kann nicht tanzen. In meinem ganzen Leben habe ich noch nie getanzt!«

»Es geht nicht darum, ob du tanzen kannst oder nicht. Es geht darum, dass du deine Loyalität gegenüber dem Vorsitzenden Mao beweist. Es geht darum zu zeigen, dass alle Leute im Viertel mobilisiert werden können. Wir singen mit einer Stimme und tanzen in einem Stil. Es ist eine politische Demonstration für unsere Feinde im In- und Ausland. Es gibt einen Wettbewerb zwischen den Bezirken, und die Lehrer sind ziemlich unter Druck.«

»Was für Leute sind das überhaupt?«

»Maoisten.«

»Also, mir das Tanzen beizubringen ist wie einen Stummen das Singen zu lehren.«

»Du hast Glück, Mama. Die Lehrer sind Ahorns beste Freunde, Wilder Ingwer und Immergrün. Sie werden dir so viel Zeit lassen, wie du brauchst. Vielleicht macht es sogar Spaß.«

»Genau. Und mein altes Gesicht kann sich nirgends verstecken. Allein die Vorstellung bringt mich dem Grab näher.«

»Wenn es dir so peinlich ist, gibt es einen Trick. Du kannst darum bitten, die Sonnenblume zu spielen. Dann ist dein Gesicht die ganze Zeit hinter einer Blüte.«

Trotz Ingwersuppe ging es mir nicht besser, und ich beschloss, einen Spaziergang zu machen. Ich zog meine Jacke über und verließ das Haus. Ein paar Häuserblocks weiter bog ich in den Rote-Sonne-Park ein. Es war Mitte März und warm. Der Park glich einem rosafarbenen Meer aus Pfirsichblüten, und man lief auf einem dichten, weichen Blütenteppich.

Ich legte mich auf eine Bank. Blütenblätter schneiten sanft auf mein Gesicht, und die Sonne schien zwischen den Ästen hindurch. Um ihr auszuweichen, wandte ich mein Gesicht dem Bambuspavillon zu. Dort entdeckte ich überrascht jemanden, den ich kannte. Ich setzte mich auf, um ganz sicher zu gehen. »Immergrün!« Meine Stimme verriet mich.

Er war es *wirklich*. Er winkte mir, trug dieselbe blaue Sportkleidung wie in der Wohnung von Wilder Ingwer.

»Erzähl mir jetzt nicht, dass du hier den Zoo-Tanz unterrichtest!«, rief ich ihm zu. Ich versuchte, witzig zu sein, weil ich nicht wusste, wie ich mich verhalten sollte. Ich war unsicher, ob ich auf ihn zugehen oder vor ihm aus dem Park fliehen sollte. Auf einmal sah ich seinen nackten Rücken und die festen Pobacken vor meinem inneren Auge. Ich stand auf und ging auf ihn zu, aber meine Füße sträubten sich. Irgendwie fühlte ich, dass er von seiner Bespitzelung wusste.

»O nein, ich mache nur eine Pause.« Er stand auf, um mich zu begrüßen. »Ich bin müde vom Tanzunterricht.«

»Warum gehst du dann nicht nach Hause?« Ich blieb bewusst etwa fünf Meter vor ihm stehen. Die Entfernung erschwerte zwar die Unterhaltung, aber ich brauchte sie.

»Weil ich dort permanent abkommandiert werde.«

»Von Wilder Ingwer?«

Er lachte. »Niemand entkommt ihr.«

Ich überlegte, wie er das wohl meinte.

»Du siehst todernst aus, Ahorn, wie ein Parteisekretär. Komm her und setz dich. Lass uns ein bisschen plaudern, bitte.«

»Ich …« Ich sah mich um wie auf der Suche nach einer Uhr. »Ich bin spät dran. Ich muss gehen.«

»Wohin?«

»In eine … Drogerie. Meine Mutter wartet auf mich.«

»Wenn du es so eilig hast, warum bist du dann überhaupt in den Park gekommen?«

Ich konnte nicht länger lügen. »Also gut, ich habe es nicht eilig.«

»Komm, ich habe dich lange nicht gesehen. Du musst mir erzählen, was du so alles treibst, und du bist sicher neugierig, wie es mir geht.«

Ich sehe dich, ich höre dich, ich rede fast täglich über dich, sagte die Stimme in meinem Kopf.

»Erzähl mir etwas, red mit mir, Ahorn«, sagte er und sah mich an.

Das Bild seines nackten Körpers stieg immer wieder vor meinen Augen auf.

»Mir geht's gut«, sagte ich trocken.

»Hast du in letzter Zeit Wilder Ingwer gesehen?«

Ich schwieg.

»Bestimmt«, entschied er. »Ihr seid ja unzertrennlich. Hat sie … vertraut sie sich dir an?«

»Ja, schon.«

»Hat sie dir irgendwas … über mich erzählt?«

»Ich weiß nicht. Ich … bin nicht sicher. Also, ich glaube nicht.«

»Du musst mir einen Gefallen tun, Ahorn«, sagte er.

»Und der wäre?«

»Es klingt vielleicht komisch für dich, aber ich erlebe gerade etwas, über das ich gern mit dir reden möchte. Also, bist du bereit? Der Vorsitzende Mao ... Passt du auf? Sag mir, wenn du etwas nicht verstehst ...«

»Ich bin nicht sicher, ob ich es hören will, Immergrün.«

»Ich fasse mich kurz. Sehr kurz. Oje, es ist nicht leicht. Also, der Vorsitzende lehrt uns, selbstlos zu sein. Aber ich entdecke gerade das Selbst, genau genommen mein Selbst als Mensch. Zum ersten Mal sehe ich Dinge durch meine eigenen Augen anstatt durch die des Vorsitzenden Mao ... Es ist verheerend. Meine ganze Welt steht auf dem Kopf. Das kommt dir sicher ganz wirr vor, nicht wahr?«

»Wann hast du denn angefangen, dich zu ändern? Was ist passiert?«

»Damals, als du mir Wilder Ingwer vorgestellt hast. Ich habe etwas entdeckt, das mir mehr bedeutet, als den Maoismus zu predigen – das mich mehr befriedigt. Du kannst dir nicht vorstellen, wie schwer es für mich ist, darüber zu reden.«

»Das heißt aber doch nicht, dass du dem Maoismus den Rücken kehren willst, oder?«

»Das ist vielleicht genau das Problem.«

»Und zwar ein sehr gefährliches.«

»Nein, Gefahr ist nicht das Problem. Ich weiß, dass ich dir vertrauen kann – es macht keinen Sinn, aber ich vertraue dir mehr als Wilder Ingwer. Das klingt wahrscheinlich seltsam. Aber sie ist eine Fanatikerin. Ihre Loyalität gegenüber Mao ist über jeden Zweifel erhaben. Ihre Augen sehen nur, was rot ist. Du bist anders. Deine Augen spiegeln den Regenbogen wider. Und das ist der riskante Teil – was nämlich machen die Menschen mit dem, was ihr Verstand sonst noch so alles produziert?«

»Wie meinst du das?«

»Denk einmal nach. Dein Verstand ist meinem immer einen Schritt voraus.«

»Ich hätte etwas anderes sagen können.«

»Nein. Ich weiß deine Offenheit zu schätzen.« Er schwieg eine Weile, dann steckte er die Hände in die Taschen, als würde er frieren. Plötzlich fragte er: »Wie hat Wilder Ingwer sich entschieden? Kann sie … will sie … ich meine, fühlt sie das Gleiche wie ich?«

Mein Verstand kämpfte. Ich kannte die Antwort, wusste aber nicht, wie ich sie ihm beibringen sollte. Ich konnte nicht sagen, ja, Wilder Ingwer fühlt sich zu dir hingezogen, aber du bist es ihr nicht wert, dass sie ihr Gelübde gegenüber dem Vorsitzenden Mao bricht.

»Ich bin nicht in der Lage, meine Freundin zu beurteilen«, brachte ich schließlich hervor.

»Weißt du, dass sie mir ihr Tagebuch gezeigt hat?« Er setzte sich in Bewegung.

»Nein.« Ich folgte ihm.

»Weißt du, dass sie Tagebuch führt?«

Ich erwiderte nichts, denn ich konnte nicht sagen, dass es ein fingiertes Tagebuch war.

»Wir« – er senkte die Stimme – »wir sind im Moment viel zusammen. Ihr Verhalten verwirrt mich aber.«

»Kommst du denn in ihrem Tagebuch vor?«

»Nein, ich komme nicht darin vor.«

»Das bedeutet nicht, dass sie nicht an dich denkt.«

»Danke. Das versuche ich mir auch einzureden.«

»Das Tagebuch« – ich weiß nicht, warum ich plötzlich entschied, die Wahrheit zu sagen – »ist nur Schau. Es wird landesweit veröffentlicht und in Schulbüchern abgedruckt.«

»Warum zum Teufel nennt sie es dann Tagebuch?«

»Sie ist ein maoistisches Vorbild für das ganze Land. Sie muss tun, was von einer Maoistin erwartet wird.«

»Damit habe ich wirklich Probleme. Ahorn, ich will dir was sagen, sie hat wundervolle Eigenschaften, aber manchmal ist sie auch unaufrichtig. Das ist ein ständiger Streitpunkt zwischen uns: Für sie gibt es nichts anderes im Leben, als den Maoismus zu fördern. Instinktiv will sie vielleicht das, was alle Menschen wollen, aber ihr Verstand kämpft dagegen an. Sie versucht, ihre menschlichen Gefühle abzutöten.«

»Na ja, du musst verstehen, dass es nicht leicht ist, sein Privatleben für das nationale Wohl aufzugeben.«

»Das nationale Wohl? Ist das dein Ernst, Ahorn?«

Meine Verteidigung war schwach – was Immergrün störte, störte auch mich.

»Um ehrlich zu sein, ich habe überhaupt keine Lust, irgendwelchen Leuten den Zoo-Tanz beizubringen.«

»Solltest du nicht Zhong-Tanz sagen?«

»Das hab ich absichtlich so gesagt. Für mich ist es ein Zoo-Tanz. Alle werden zusammen in einen Stall gepfercht. Die Leute haben Besseres zu tun, zum Beispiel sich auszuruhen, sich um den Haushalt zu kümmern, mit anderen zusammen zu sein, zu kochen, zu lesen, zu spielen und sich –« Er brach ab, senkte den Kopf.

»Der erste Teil ihres Tagebuchs wird in ein paar Monaten veröffentlicht«, griff ich das Ausgangsthema wieder auf.

»Ich werde es nicht lesen«, sagte er bestimmt. »Und du?«

»Es wird mir wahrscheinlich nicht gefallen, aber ich werde es lesen. Ich mache alles, was sie will.«

Er blickte mich misstrauisch an. Dann lächelte er. »Wenn ich dich so höre, wäre ich auch gern eine Frau, dann könnte ich Wilder Ingwer näher sein.«

»Ich fühle mich ihr weder nahe, noch verstehe ich sie.«

»Wie meinst du das?«

»Das mit dem Tagebuch zum Beispiel. Es zu veröffentlichen heißt, ganz legal eine große Lüge unter die Leute zu bringen. Das ist schädlich und unredlich. Es wird in den Köpfen der jungen Menschen Schaden anrichten. Es ist das verlogene Porträt einer Maoistin. Nicht nur Wilder Ingwer wird unter den Auswirkungen leiden, auch andere Leute werden gezwungen, ihr nachzueifern – das Vorbild schaffte es, warum du nicht?«

»Ich stimme dir völlig zu, Ahorn. Du hast Recht. Wirklich. Danke, dass du meine Frage beantwortet hast. Wilder Ingwer kann sich glücklich schätzen, eine Freundin wie dich zu haben.«

»Nicht unbedingt.« Irgendwie verbitterten mich seine Komplimente. »Sie kann sich glücklich schätzen für das, was sie hat, aber es hat nichts mit mir zu tun. Sie und ich … Ich könnte nie erreichen, was sie erreicht hat und noch erreichen wird. Nicht, dass ich alles gutheiße, was sie tut. Ich bin einfach nicht so eine begeisterte Maoistin. Ich bin nicht so getrieben. Ich bin nicht so interessiert oder besessen. Trotzdem kann ich viele Zitate aufsagen. So habe ich mir meinen Platz in der Schule und in der Gesellschaft gesichert. Wilder Ingwer ist … ich kann nicht einmal behaupten, dass sie unehrlich ist. Ich sage es mal so: Sie weiß, was es heißt, als Mao-Gegnerin bezeichnet zu werden. Ihre Beweggründe stelle ich nicht in Frage. Die Gefühle, die sie im Tagebuch ausdrückt, sind aufrichtig. Aber sie will gewisse Seiten von sich nicht preisgeben, weil sie überzeugt ist, sie seien unmoralisch. Und sie ist fest entschlossen, diese Seiten zu bekämpfen. Sie glaubt, sie kann sie besiegen.«

»Kann sie das?«

»Sie lebt, um zu gewinnen.«

»Meinst du, irgendjemand könnte sie dazu bringen, ihre Meinung zu ändern?«

»Da fragst du die Falsche.«

»Hast du sie ermutigt, Maoistin zu werden?«

»Nein.«

»Warum nicht?«

»Weil ich es … traurig finde, wirklich traurig. Sie muss so viel aufgeben, um ihr Ziel zu erreichen.«

14

»Macht euch alle auf den Weg, um am Zhong-Unterricht teilzunehmen!« Eine Gruppe Nachbarschaftsaktivisten ging Handglocken läutend durch die Straßen. »Befehl vom Bezirksparteisekretär!« »Um zehn Uhr auf dem Marktplatz melden!« »Zeigt eure Loyalität gegenüber dem Vorsitzenden Mao durch eure Taten!«

»Zoo-Unterricht! Zoo-Unterricht!«, riefen die Kinder fröhlich und liefen hinter der Gruppe her.

Nachdem die Aktivisten ihren Rundgang durch das Viertel beendet hatten, kamen sie wieder und klopften an jede Tür, um sicherzustellen, dass auch alle aufgebrochen waren.

»Mama, wir müssen gehen!«, riefen meine Schwestern. »Die Aktivisten klopfen unsere Tür aus den Angeln.«

»Ich suche meine Schuhe! Ich kann ja wohl schlecht in Pantoffeln gehen, oder?«

»Beeil dich!«

»Zoo-Unterricht!« Schließlich fand Mutter ihre Schuhe. »Sie wollen einen alten Hund zwingen, Mäuse zu fangen. Buddha, siehst du das dort oben?«

Am Ende des Wegs begrüßte Einäugiger Großvater unsere Mutter. Er trug weite Kleidung. »Jetzt kriegen wir ein bisschen Spaß«, sagte er zu ihr. »Denk einfach daran, dass Tanzen gut für den Kreislauf ist und das Leben verlängert.« Sie plauderten, und Mutter lachte verlegen.

Hunderte von Menschen gingen in Familien gruppiert in Richtung Marktplatz. Alle hatten blaue oder graue Mao-Jacken an. Die meisten unserer Nachbarn trugen Holzpantoffeln. Klick, klack, klick, klack. Das laute Geklapper klang angenehm in den Ohren.

Mutter fragte Einäugiger Großvater, ob er jemals zuvor getanzt habe. Der alte Mann erwiderte: »Als ich jung war, habe ich traditionellen Heiltanz gelernt.« Er blieb stehen und ging in die Hocke, um ihn vorzuführen. Nachdem er sich ein paar Mal um sich selbst gedreht hatte, hüpfte er wie ein Frosch auf und ab. Wir lachten alle und machten es ihm nach.

Schließlich trafen wir auf dem Marktplatz ein. Aus dem Lautsprecher tönte: »Ohne den Vorsitzenden Mao als Steuermann können wir nicht segeln.« Obwohl das Lied ziemlich verzerrt herauskam, erkannte ich die Stimme von Wilder Ingwer. Seit sie im Weizenfeld das französische Lied gesungen hatte, war ihre Stimme für mich unvergesslich. Diesmal klang sie kraftvoll und ermutigte die Leute zum Mitsingen.

Es war zehn Uhr. Der allmorgendliche Markt war schon zu Ende, der Boden gefegt und geschrubbt. Aber der Gestank hing noch in der Luft. Die Straße war von den Aktivisten abgesperrt worden, und in den leeren Ständen tummelten sich Kinder. Die Bewohner des Viertels standen wie Maispflanzen im Feld entlang der Straße. Die Schlange war fast einen Kilometer lang.

Von einem Baum hingen zwei Lautsprecher. Ein Mann, der mit dem Rücken zu uns stand, dirigierte drei Akkordeonspieler und vier Trommler. Dieser Dirigent war Immergrün. Er gönnte der Band so oft wie möglich eine Ruhepause.

Mitten auf der Bühne stand Wilder Ingwer. Sie gab Immergrün Zeichen, dass die Band ununterbrochen weiterspielen sollte. Sie trug ihre Armeeuniform und die Mütze mit dem roten Stern, unter der ihre Haare ganz verschwunden waren.

Ohne ihren vollen Busen hätte man sie für einen Mann halten können. »Der Vorsitzende Mao lehrt uns: ›Seit Hunderten von Jahren hatten sich die Intellektuellen vom Volk entfernt, und ich fing an zu träumen, dass die Intellektuellen die Tagelöhner unterrichten, denn gewiss steht es den Tagelöhnern zu, ebenso unterrichtet zu werden wie alle anderen.‹ Jetzt lasst uns die Worte unseres großen Lehrers in Taten umsetzen! Eins, zwei, drei und vier!« Sie forderte alle auf, ihre Schritte nachzumachen. Es war nicht leicht. Alte Leute wie meine Mutter wedelten nur mit den Armen und traten von einem Fuß auf den anderen. Sie hatten offensichtlich kein Interesse, den Tanz zu lernen. Sie schlugen die Zeit tot, bis sie endlich gehen konnten.

Meine Mutter tat sich schwer. Sie fragte Wilder Ingwer, ob sie eine Sonnenblume sein könne.

»Die Kostüme und Requisiten gibt es erst bei der letzten Probe.«

Daran war nichts zu ändern. Aber Mutter beruhigte sich schon bald – sie sah andere Frauen, die ebenso schlecht tanzten.

Niemand beachtete die Musik. Wilder Ingwer konnte noch so lange im Takt vortanzen, die Leute begriffen es einfach nicht. Offensichtlich hofften sie, weggeschickt zu werden. Aber Wilder Ingwer war furchtbar geduldig.

Der Jangtse fließt donnernd nach Osten,
Die Blumenblüten jagen die rote Sonne.
Begeistert singen und tanzen wir für dich,
Vorsitzender Mao, unseren großen Steuermann.
Wir wünschen dir ein langes Leben,
Ein langes, langes Leben wünschen wir dir.

Mutter und ihre Freundinnen fingen an, sich zu amüsieren. Sobald Wilder Ingwer sie zum Üben allein ließ, plauderten sie miteinander. Sie schwangen ihre Arme vor und zurück wie beim Fegen. Eine Frau verriet gerade ein Rezept. »Ich ziehe meine Bohnenschösslinge selbst.« Sie stolperte über ihre Beine. »Es gibt da einen Trick: Man legt ein nasses Tuch über die eingeweichten Bohnen, damit der Korb dic ganze Zeit feucht bleibt. Und man muss sie über Nacht in einem Reiswärmer aus Stroh aufbewahren, um die Temperatur zu halten.«

Mutter lauschte interessiert. Dabei machte sie die Tanzschritte der Frau nach und schwang die Beine hin und her. »Ich hab schon ein paar Mal versucht, Bohnenschösslinge zu ziehen, aber es ist mir nie gelungen.« Sie kreiste die Schultern. »Das nächste Mal befolge ich deinen Rat.«

»Du sparst viel Geld, wenn es dir gelingt. Billiger kann man die Kinder nicht mit Proteinen versorgen.«

»Alle mal herhören«, rief Wilder Ingwer: »›Begeistert singen und tanzen wir für dich, Vorsitzender Mao, unseren großen Steuermann.‹ Ihr müsst eure Begeisterung auch zeigen! So wie ich, seht mich an. Lächelt!«

Mutter entblößte ihre Zähne und machte schnellere Schritte.

»Hast du schon gehört, dass bald einige Sachen knapp werden?« Die Frau legte die Hand auf den Mund und beugte sich zu Mutter vor. »Die Regierung hat kaum noch Öl, Salz und Streichhölzer. Das hat mein Sohn mir gesagt – er arbeitet bei der Landesvorratsverwaltung. Die Lagerhäuser sind leer, weil wir arme Länder wie Vietnam und Tansania versorgen. Es ist nichts mehr da, aber wir können es uns nicht leisten, das Gesicht zu verlieren. Der Vorsitzende Mao muss in den

Augen der Welt gut dastehen. Aber der Erdboden versteht das nicht. Er produziert nicht mehr, nur weil wir mehr brauchen.«

Mutter schüttelte den Kopf und schlenkerte geistesabwesend ihre Glieder.

»Es wird furchtbar«, fuhr die Frau fort. »Ich habe schon Vorräte angelegt.«

»Ich kann meine Bezugsscheine nicht benutzen, weil ich kein Geld habe. Man braucht Geld, um die Bezugsscheine einzulösen, große Schwester«, sagte Mutter besorgt. »Dabei hätte ich die Sachen mehr als nötig. Ich habe sechs Kinder, sechs bodenlose Fässer zu füllen. Monatlich zweihundert Milliliter Öl pro Person haben noch nie gereicht, trotzdem kann ich es mir nicht einmal leisten, die Ölbezugsscheine einzulösen. Wir essen nur Reis mit Salz, und trotzdem …«

»Ich verrate dir einen Trick, große Schwester …«

»Du da hinten!« Wilder Ingwer war mit ihrer Geduld am Ende. Sie zeigte auf die Frau. »Seit deiner Ankunft hier redest du. Das ist nicht nur illoyal gegenüber dem Vorsitzenden Mao, sondern du hast auch noch andere abgelenkt! Würdest du gern in eine Besserungsanstalt geschickt werden?«

»Es tut mir furchtbar Leid!« Die Frau entfernte sich schnell von meiner Mutter.

Aber Mutter war noch nicht bereit, die Unterhaltung zu beenden. Sie wollte unbedingt den Trick erfahren, wie man Vorräte anlegt. Sie versuchte, wieder näher an die Frau heranzukommen.

»Achtung!«, rief Wilder Ingwer laut. »Wir kommen jetzt zum Ende des Tanzes. Wir bilden die Form eines Schiffs. An der Spitze steht Einäugiger Großvater mit der Landesfahne in der Hand, im hinteren Teil stehen wir alle mit Mao-Büchern in der Hand, und in der Mitte bilden zwei Personen einen ›Schornstein‹, auf dem eine dritte mit einem hochgehaltenen Mao-Bild steht.« Sie fing an, die Menschen umherzuschieben. »Jeder Einzelne muss in die Formation passen.«

Die Freundin meiner Mutter musste als »Schornstein« fungieren, auf dem der »Mao-Bildhalter« stehen sollte. Sie und eine andere Frau wurden aufgefordert, mit angewinkelten Knien eine »Leiter« zu bilden.

»Wir brauchen jemanden, der sich auf ihre Knie stellt und das Mao-Bild hochhält«, wandte Wilder Ingwer sich an die Menschenmenge.

»Ich kann das machen«, bot Mutter sich an. Offensichtlich sah sie eine Chance, ihr Gesicht hinter dem Bild zu verstecken.

Wilder Ingwer zögerte.

»Ich bin leicht«, fügte Mutter hinzu. »Ich möchte meine Loyalität gegenüber unserem großen Führer zeigen und sein Bild hochhalten!«

»Sind deine Arme und Beine kräftig genug?«

»Die Lehren des Vorsitzenden Mao werden sie bestimmt kräftigen.«

Mutters spontane Gewitztheit überraschte mich.

»Wunderbar, Tante. Du hast mich überzeugt!«

Noch bevor Wilder Ingwer ihre Anweisungen gab, kletterte Mutter auf die »Leiter«.

Immergrün kam und gab Mutter das Mao-Bild. »Sei vorsichtig, Tante!« Er drehte sich um und bat die beiden Frauen, die die Beine meiner Mutter hielten, ganz still zu stehen. »Stabilisiert euch selbst zuerst. Lasst sie wieder runter, sobald sie oben ist.«

»Nein«, verbesserte Wilder Ingwer ihn, »sie müssen mindestens vierzig Sekunden in der Position verharren, damit die Formation wie ein Standbild erscheint. So machen wir den stärksten Eindruck!«

»Du hast den richtigen Soldaten für diese Aufgabe«, rief Mutter.

»Macht weiter.« Wilder Ingwer ging umher, um die Aufstellung der anderen »Schiffsteile« zu überwachen.

»Also, was ist das für ein Trick, große Schwester?«, nahm Mutter die Unterhaltung wieder auf.

Die Frau, die mit zitternden Armen und Beinen meine Mutter festhielt und schon keuchte, erwiderte: »Verkauf deine Bezugsscheine heimlich an Dorfhändler. Sie kommen einmal im Monat in die Stadt, um Sesamöl, Salz und Streichhölzer gegen Reis-, Baum- und Ölbezugsscheine zu tauschen.«

»Aber wann kommen sie das nächste Mal? Wie finde ich sie?«

»Sind alle bereit?«, rief Wilder Ingwer jetzt. »Es geht los! Eins, zwei und drei, anfangen! ›Begeistert singen und tanzen wir für dich, Vorsitzender Mao, unseren großen Steuermann!‹«

Die Menschenmenge sang.

Die Trommler trommelten lautstark.

Die Akkordeonspieler spielten mit aller Kraft.

»Am vierten Dienstag im Monat!« Die Knie der Frau zitterten jetzt so heftig, dass Mutter fast herunterfiel. »Um halb sieben an der Ecke Chia-Chia-Gasse.«

»Ich werde da sein«, sagte Mutter aufgeregt, gefolgt von einem tiefen Seufzer. »Ich hebe die Bezugsscheine nur auf, weil ich hoffe, sie eines Tages benutzen zu können. Ich brauche sie, um Stoff zu kaufen. Meine Bettlaken sind hauchdünn. Meine Kinder laufen wie Bettler rum.«

»Du solltest die Bezugsscheine benutzen, bevor sie ablaufen.«

»Werden sie mich ergreifen, wenn sie mich sehen?«

»Mach es so, dass sie dich nicht erwischen, große Schwester!«, keuchte die Frau. »Mich … haben sie … nie gekriegt. Oje, das ist … Folter.«

Das Mao-Bild in der Hand meiner Mutter wackelte. »Vielen Dank!«, ertönte die Stimme meiner Mutter hinter dem Rahmen.

»O Buddhahimmel! Ich kann nicht …« Die Knie der Frau knickten ein.

»Ein langes Leben dem Vorsitzenden Mao! Ein langes Leben!«, schallte es im Chor.

Klatsch!

Das Mao-Bild fiel herunter.

Der »Schornstein« brach zusammen.

Das »Schiff« fiel auseinander.

15

In den Massen steckt ein gewaltiger Drang zum Sozialismus.‹« Wilder Ingwer und Immergrün nahmen ihre Mao-Studien wieder auf. »›Jene Leute, die sich in revolutionären Zeiten nur im gewohnten Trott bewegen können, nehmen diesen Drang gar nicht wahr. Sie sind blind, vor ihren Augen ist nichts als Finsternis. Manchmal versteigen sie sich sogar dazu, die Wahrheit auf den Kopf zu stellen und aus Weiß Schwarz zu machen. Sind wir denn nicht genug Leuten von dieser Sorte begegnet?‹«

Es war acht Uhr abends. Ich hockte im Schrank. Wilder Ingwers Stimme klang müde. Tagelang hatte sie ununterbrochen den Zhong-Tanz eingeübt. Nachts schlief sie vier Stunden. Sie war kurz davor einzunicken. »Mach du weiter«, sagte sie zu Immergrün.

Immergrün war nicht begeistert, aber befolgte ihren Wunsch. »›… Jene, die nur ausgetretenen Pfaden folgen können, unterschätzen stets den Enthusiasmus des Volkes. Tritt etwas Neues ein, wollen sie dem nie zustimmen, sind zuerst einmal, ohne nachzudenken, dagegen‹ … Wilder Ingwer!« Wilder Ingwers Kopf bewegte sich auf und ab wie bei einem Huhn, das Körner pickte.

»Was ist, Immergrün?«, murmelte sie. »Mach weiter.«

»›… Dann geben sie sich geschlagen und üben ein wenig Selbstkritik. Kommt es dann wieder zu etwas Neuem, wiederholt sich dasselbe Spiel. Und schließlich wird dieses ihr Verhalten zu einer regelmäßigen Schablone, wann immer sie es mit etwas Neuem zu tun bekommen …‹«

Immergrün legte langsam das Mao-Buch auf den Tisch und setzte sich neben Wilder Ingwer. Dort verharrte er einen Moment. Als er merkte, dass sie nicht reagierte, näherte er sich mit dem Mund ihrer linken Wange.

»Lies weiter, bitte.« Sie kämpfte gegen ihre Müdigkeit an und wandte den Kopf ab.

»›… Solche Leute‹«, fuhr er fort, drückte ihr aber gleichzeitig Küsse auf die Wange »›sind immer passiv, an einem entscheidenden Wendepunkt bleiben sie immer stehen und können nicht weiter … stets muss ihnen ein tüchtiger Klaps auf den Rücken gegeben werden, ehe sie einen Schritt vorwärts tun …‹« Er küsste leidenschaftlich ihren Hals.

»He!« Sie setzte sich ruckartig auf und gab ihm eine Backpfeife. »Wir haben eine Vereinbarung! Erzähl mir nicht, dass du sie brechen willst!«

Er stand auf. Sein Gesicht war rot. »Ich höre auf.«

»Dann verschwinde.« Ihre Stimme war schneidend.

»Aber … du selbst hast dich tödlich gelangweilt und bist eingeschlafen.«

»Wie kannst du es wagen, mir vorzuwerfen, das Mao-Studium langweile mich! Ich schlafe nicht! Du bist das Problem! Deine Gedanken werden jeden Tag schmutziger. Du bist nicht zum Mao-Studium hier, sondern um dich bourgeoisen Freuden hinzugeben.«

Er war beleidigt. Mit einer schnellen Bewegung packte er sie bei den Schultern. »Warum willst du unbedingt mit mir zusammenarbeiten, wenn du so heilig bist? Warum? Um mich bei dir zu haben? Aber warum? Um dich an meinem Anblick zu erfreuen? Was willst du von mir? Tief im Inneren weißt du genau, dass wir nicht an Mao interessiert sind, sondern du an mir und ich an dir. Der Unterschied ist nur, dass du es nicht zugibst und ich schon. Ich schäme mich nicht für meine Gefühle, aber du kannst mit deinen nicht umgehen. Vermutlich ist es dir wichtiger, eine nationale Ikone zu werden, als du selbst zu sein … Aber warum schleppst du mich mit? Warum lässt du mich nicht gehen? Macht es dir Spaß, meine Gefühle zu entflammen und mich brennen zu sehen?«

»Immergrün, in Wahrheit« – sie holte tief Luft – »brenne ich genauso. Wir müssen lernen, unsere Schwachheit zu bezwingen. Wir müssen uns gegenseitig helfen!«

»Wilder Ingwer, du darfst nicht ignorieren, dass es nicht meine Lebensaufgabe ist, Maoist zu sein.«

»Das stimmt nicht, Immergrün. Du brauchst nur einen starken Willen.«

Er verlor die Geduld und schrie: »Ich verachte deinen starken Willen! Deine Predigten erinnern mich an Leute, die die Füße ihrer Töchter gebunden und ihre Söhne kastriert haben!«

»Was habe ich denn getan? Welchen Schaden habe ich dir zugefügt?«, fragte sie weinend.

»Ich kann nicht mit dir weitermachen.« Er ließ sie los und wandte das Gesicht ab.

»Du enttäuschst mich.« Ihre Stimme war kalt.

Er versuchte, ruhig zu bleiben, aber seine Gefühle verrieten ihn. Sein Gesicht begann zu zucken.

Sie stand auf. Ihr Mund bewegte sich, als wollte sie etwas sagen. Aber kein Ton kam heraus.

Auch er stand auf, ging auf sie zu.

Sie machte einen Schritt zurück.

Er fing an, sein Hemd aufzuknöpfen.

»Was … was machst du da?«, brach es stockend aus ihr heraus.

Er antwortete nicht, sondern öffnete seinen Gürtel.

Noch bevor sie sich abwenden konnte, hatte er seine Hose ausgezogen.

»Du Tier!« Sie schloss die Augen.

Sein Penis war erigiert.

»Verräter! Feigling!«, schrie sie.

Er warf sie auf den Boden und kniete sich über sie.

Sie wehrte sich, wollte ihn wegstoßen.

Er knöpfte ihre Mao-Jacke auf und streifte ihre Kleider ab.

Ich bekam kaum noch Luft im Schrank. Was sollte ich tun? Herauskommen und ihr helfen?

Er fuhr mit den Händen über ihren Körper.

Sie wehrte sich heftig. Aber sie rief nicht nach mir. Ich wartete.

Sie kratzte ihn am Hals.

Dann erwischte sie seine rechte Schulter und biss ihn.

Er stöhnte. Wie durch den Schmerz angefeuert, schien er entschlossen, sie zu nehmen.

Sie wälzten sich auf dem Boden, ungefähr sieben Meter von mir entfernt. Jetzt lag Wilder Ingwer auf dem Rücken, und er lag auf ihr. Seine Nase zeigte direkt in meine Richtung.

Sie schrie.

Ich stieß die Schranktür auf – mein Unterbewusstsein hatte den Schrei als Aufforderung zum Handeln gedeutet.

Er blickte auf und sah mich an.

Ich erstarrte.

Wir sahen uns direkt in die Augen. Immergrün und ich.

Ich war unfähig, mich zu rühren.

Er ließ von ihr ab.

Wilder Ingwer setzte sich auf, ohne zu wissen, dass Immergrün und ich uns ansahen.

Er saß auf dem Boden wie ein Ballon, dem langsam die Luft entwich.

Sie knöpfte ihre Kleider wieder zu und strich sich die Haare glatt.

Immergrün stand auf und zog sich an. Er ging zum Tisch und schenkte sich ein Glas Wasser ein.

Wilder Ingwer verschwand im Bad.

Vorsichtig schloss ich die Schranktür.

Immergrün setzte sich an den Küchentisch. Er nahm das Mao-Buch in die Hand und sah in meine Richtung.

Ich blieb bewegungslos hocken. Am liebsten wäre ich herausgekommen, hatte aber Angst, dass Wilder Ingwer böse würde. Während ich noch überlegte, was ich tun sollte, kam Wilder Ingwer zurück.

»Vielleicht können wir einen Weg finden, dieses Problem zu lösen«, sagte sie. »Der Vorsitzende Mao lehrt uns: ›Es gibt kein Problem, das ein wahrer Revolutionär nicht lösen kann.‹«

Immergrün legte das Mao-Buch hin und verschränkte die Arme vor der Brust.

»Ich bin für dich da, Immergrün, du bist mir wichtig. Aber ich kann … ich kann nicht … Also um es schlicht und einfach zu sagen … ich kann keine Beziehung mit dir haben. Es ist nicht leicht für mich, da zu sein, wo ich jetzt bin. Das musst du verstehen. Ich habe entschieden, die Erwartungen des Vorsitzenden Mao zu erfüllen.«

»Du klingst wie die Kaiserinwitwe der Ching-Dynastie. Du brauchst mich als obersten Eunuchen.«

»Es ist nicht nett von dir, so etwas zu sagen«, erwiderte sie gequält. »Du weißt, dass ich dich glücklich machen will.«

Immergrün lachte bitter. »Indem du mich quälst?«

»Ich werde alles für dich tun, nur nicht mit dir schlafen.«

Immergrün stand auf.

»Warte!«, schrie sie. »Ich … ich hab nichts dagegen, wenn du … mit dir selbst spielst.«

Er brauchte einen Moment, um zu verstehen, was sie meinte. Er setzte sich wieder, drehte sich in meine Richtung. Plötzlich wirkte er ruhig, als hätte er eben eine Entscheidung getroffen. Beinahe glücklich sagte er: »Du kannst etwas tun, um mir zu helfen.«

»Ich höre.«

»Lies mir Mao-Zitate vor, während ich es tue.«

»Dann bist du also mit meinem Vorschlag einverstanden?« Sie sah ihn an. »Dass wir eine rein geistige Beziehung haben?«

»Willst du das?«

»Ja.«

»Du musst mir nicht zusehen …«

»Ich verspreche, ich werde meinen Blick auf die Zeilen heften.«

»Bist du bereit?«

»Sicher. Was soll ich dir vorlesen?«

»Irgendwas.«

»Wie wär's mit ›Der Kampf im Djinggang-Gebirge‹? Oder: ›Wie in der landwirtschaftlichen Produktionsgenossenschaft Wutang die Kontrolle aus den Händen der Mittelbauern in die der armen Bauern überging‹?«

»Vergiss es.«

»Was ist los?«

»Mir ist schlecht.«

Als Wilder Ingwer mich fragte, wie es mir im Schrank ergangen sei, sagte ich ihr nichts von meinem Blickkontakt mit Immergrün – aber ohne zu wissen, warum. Angst davor, dass sie sich aufregte, hatte ich nicht. Später wurde mir bewusst, dass Immergrüns Entscheidung, seine Entdeckung vor Wilder Ingwer zu verbergen, den Ausschlag gegeben hatte. In der ganzen Zeit, in der ich Wilder Ingwer schon kannte, waren wir nie wirklich vertraut miteinander geworden, und seltsamerweise fühlte ich mich jetzt Immergrün viel näher. Es war, als hätten wir uns durch sein Schweigen gemeinsam auf etwas eingelassen – den Verrat an Wilder Ingwer.

»Du hast mir geholfen, mein Ziel zu erreichen«, sagte Wilder Ingwer, als sie uns später einen Tee machte. »Es ist ausgezeichnet, dass Immergrün entsetzt über sein eigenes Verhalten ist; er hat die Macht des Bösen in der menschlichen Natur gebrochen. Wir haben eine Übereinkunft getroffen und werden gute Freunde und Waffenbrüder sein. Ich kann ihn jeden Abend sehen, ohne meine Zukunft zu riskieren.«

»Warum willst du ihn jeden Abend sehen? Warum lässt du ihn nicht einfach in Ruhe?«, fragte ich fast ärgerlich.

»Ich wünschte, ich wüsste es, Ahorn. Es ist ein heftiges Verlangen. Ich ertrage es nicht, ihn einen Tag lang nicht zu sehen.«

»Du bist verliebt. Du verleugnest die Wahrheit.«

»Benutze nicht dieses bourgeoise Wort, wenn du über mich sprichst. Ich habe dir bereits erklärt, dass solche Worte im Vokabular eines Maoisten nichts zu suchen haben. Und solche Gefühle können mich zerstören. Jetzt schwöre, dass du das nie wieder sagen wirst, Ahorn.«

»Aber du hast gerade gesagt, dass du es nicht erträgst, ihn nicht zu sehen.«

»Das ist wohl der Preis, den ich dafür bezahlen muss, Maoistin zu sein. Jetzt weißt du, dass ich aus echtem Gold bin – ich halte zehntausend Hammerschläge aus und bin immer noch ich selbst.«

»Und was ist mit ihm?«

»Er muss nur noch etwas geläutert werden. Er ist eindeutig maoistisches Material. Wir sind ein revolutionäres Paar.«

»Aber in Wahrheit streitet ihr euch.«

»Nun, das ist Teil der Anziehungskraft! Hast du … Ahorn, hast du gesehen, wie er sich auf mich gestürzt hat?«

»Wie hätte mir das entgehen können?«

»Was hast du in dem Moment gedacht?«

»Was soll ich darauf sagen?«

»Sag, was dir durch den Kopf geht.«

»In meinem Kopf ist ein einziger Brei.«

»Du bist gut, Ahorn. Du bist ehrlich und gegen das Böse gefeit.«

»Du kennst mich doch gar nicht.«

»Ich kenne dich in- und auswendig. Ich vertraue dir meine tiefsten Geheimnisse an. Ohne dich könnte ich nicht Maoistin sein.«

16

Auf dem Schulgelände roch es nach Tinte und faulem Kleister. Die Schule wirkte wie eine andere Welt, wo an den Wänden jeden zweiten Tag die Berichte der Mao-Diskussionsgruppen veröffentlicht wurden. Der Kleister war noch nicht trocken, da wurde schon die nächste Plakatschicht drübergeklebt. Die Spuren der tropfenden Tinte sahen aus wie Tränen. Bei Wind flatterten die abgerissenen Plakatfetzen hoch in die Bäume. Wenn es regnete, wurde die Kalligraphie an den Wänden unleserlich, weil die Zeilen ineinander liefen. Eine enorme Verschwendung. Die Plakate las sowieso niemand mehr, denn die Beschriftungen klangen alle gleich.

Wir waren jetzt siebzehn Jahre alt und betrieben in der Schule noch immer nichts anderes als Mao-Studien. Ein Lehrer schlug vor, zusätzlich einen Geschichtskurs anzubieten, und wurde sofort verdächtigt, fürs Ausland zu spionieren. In Geografie verfolgten wir noch immer den Weg, den Maos Rote Armee 1934 auf dem Langen Marsch genommen hatte. Jahr für Jahr betrachteten wir dieselbe Landkarte. Für Klassenarbeiten mussten wir die Namen der Dörfer auswendig lernen. Wir beschäftigten uns ausschließlich mit Russland, Albanien und Nordkorea. Wenn wir riefen: »Nieder mit dem US-Imperialismus!«, wussten wir nicht einmal, wo Amerika liegt.

»Eine disziplinierte, mit der Theorie des Marxismus-Leninismus bewaffnete Partei, die zur Selbstkritik fähig und mit den Volksmassen verbunden ist …« Ich saß im Klassenzimmer und langweilte mich zu Tode. Wir hörten die Übertragung der Lesung der neuesten Anweisungen des Zentralen Politbüros. »... eine vereinte Front aller revolutionären Klassen und aller revolutionären Gruppen unter der Führung der Kommunistischen Partei – dies sind die drei Waffen, mit denen wir den Feind besiegt haben ...« Ich hörte die Worte, aber ihre Bedeutung drang nicht in mein Bewusstsein ein. Mir war lediglich aufgefallen, das die Vorleser der Anweisung drei Mal gewechselt hatten, weil ihre Stimmen erschöpft waren.

Der Platz von Wilder Ingwer war leer. Seit sie Oberbefehlshaberin der Roten Garde geworden war, fehlte sie oft. Da sie zu wenig schlief, war sie sehr dünn geworden. Aber ihre Begeisterung schien ungebrochen. Sie ging jeden Tag von Schule zu Schule und warb für den Maoismus. Sie hielt Vorträge in den verschiedenen Vierteln, auf Märkten, in Fabriken, Bussen und wo immer Menschen waren. Sie demonstrierte ihr Können, indem sie Hunderte von Zitaten aufsagte und aus Mao-Zitaten bestehende Lieder sang. Ihre Leistungen in Mathematik ließen nach. Es machte ihr nichts aus. Sie glaubte, als Maoistin besitze sie von Natur aus die Kraft, der Welt gewachsen zu sein. Ihre beste Rede war weiterhin die über ihr Treffen mit dem Vorsitzenden Mao. Obwohl sie die Geschichte schon unzählige Male erzählt hatte, wurde es ihr nie zu viel, sie immer wieder begeistert zum Besten zu geben. Ihre Zuhörer rührte sie damit jedes Mal zu Tränen. Sie kamen scharenweise, um ihre Hand zu schütteln. Die Berührung mit ihr gab ihnen das Gefühl, Mao selbst zu berühren.

Am Abend jedoch meldete sich Wilder Ingwers anderes Ich. Tagtäglich kämpfte sie auf dem gleichen Schlachtfeld gegen ihre »menschliche Schwäche« an. Sie und Immergrün lasen stundenlang und arbeiteten an Artikeln und Reden. Sie verhielten sich, als hätte es die Nacht der Leidenschaft niemals gegeben. Was in Immergrün vorging, wusste ich nicht, aber in mir hatte sich etwas verändert. Ich war nicht nur wieder in den Schrank zurückgekehrt, ich hatte es sogar gewollt! Mein Verhalten war mir unerklärlich. Ich hätte einfach nur nein sagen müssen und endgültig damit aufhören können. Aber das tat ich nicht. Ich konnte es nicht. Ich musste in diesem Schrank sein, um herauszufinden, wer ich war und was ich wollte.

Am Sonntagabend siegte Wilder Ingwers Erschöpfung über ihren Willen – während Immergrün vorlas, schlief sie fest ein. Der Tintenstift, den sie zum Unterstreichen der Zeilen in der Hand hielt, verschmierte die Seite, bevor sie schließlich mit dem Gesicht aufs Blatt fiel. Immergrün versuchte sie zu wecken, aber vergeblich. Auch als er ihr die Nase kurz zuhielt, erwachte sie nicht. Nachdem er eine Weile ihren Kopf hochgehalten hatte, trug er sie ins Bett. Dort rüttelte er Wilder Ingwer erneut, aber sie schlief wie eine Tote. Er deckte sie mit einem Laken zu. Dann kam er zurück und setzte sich auf die Bank. Ein paar Minuten lang starrte er das Mao-Buch an.

Ich wurde nervös. Irgendetwas war im Busch. Bevor ich noch weiter darüber nachdenken konnte, hörte ich ihn sagen: »Kommst du bitte heraus?«

Ungewollt entwich mir ein Nein.

»Kann ich hineinkommen?«

Ich schreckte vom Guckloch zurück. Mein Pflichtgefühl gebot mir, nein zu sagen, den Schrank zu verlassen und Wilder Ingwer zu wecken oder einfach nur wegzurennen.

Doch ich tat nichts dergleichen.

Ich ließ ihn in den Schrank und in meine Seele und veränderte mich für immer.

17

Er schlüpfte in den Schrank, wo ich ihn mit offenen Armen empfing und mein Körper ihn ohne Zögern aufnahm. Weder er noch ich sagten ein Wort. Das war nicht nötig. In dem Moment, als er die Dunkelheit betrat, lag Maos Welt hinter uns. Er liebkoste mich leidenschaftlich, und die Blüte des Frühlings fiel in meine Arme. Ich konnte nicht genug von ihm bekommen. Sein Haar roch wie das Ostchinesische Meer, und mir fiel ein, dass er mir einmal erzählt hatte, er arbeite an den Wochenenden auf einer Seegrasplantage. Er streichelte mich. Innerlich stieß ich Freudenschreie aus. Wir hielten einander, und ich spürte, wie er anschwoll. Die Zeit hörte auf zu existieren.

Ich vergaß, wo ich war.

Schweigend lagen wir beieinander. Die Rückkehr in die Realität war ein Schock. Als er aus dem Schrank trat, dachte ich voll Schrecken daran, was als Nächstes passieren würde.

Nichts geschah. Wilder Ingwer schlief noch immer.

Immergrün verließ das Haus, während ich im Schrank blieb. Ich hörte die Tür zuschlagen. Es war zwei Uhr morgens. Der Glockenschlag der Uhr schien mir ungewöhnlich laut. Ich kroch aus dem Schrank, besorgt, irgendwelche Spuren zu hinterlassen. Aber es gab keine. Mir war seltsam zumute. Während mein Verstand noch nicht ganz begriffen hatte, was passiert war, ging es meinem Körper besser als je zuvor.

Um drei Uhr verließ ich das Haus von Wilder Ingwer. Auf meinem Weg durch die Gassen sog ich die frische Luft tief ein. Zum ersten Mal erschien mir die Nacht wunderschön.

Ich ging nach Hause und umschlang mein Kissen. Meine Gedanken verweilten bei der seltsamen Vorstellung, dass Wilder Ingwer noch immer Jungfrau war und ich nicht. Ich fühlte mich schuldig und gleichzeitig befreit. Alle meine Frustration war verflogen. Ich fragte mich, was Wilder Ingwer tun würde, wenn sie das Gleiche erleben dürfte. Plötzlich war die Vorstellung, das ganze Leben Mao zu verschreiben, nicht nur langweilig, sondern auch absurd.

Ich träumte, dass Wilder Ingwer mich besuchte. »Ich habe auf der Straße Bonbonpapier gesammelt«, erzählte sie mir. »Eine ganze Tasche voll. Zu Hause habe ich es eingeweicht und vorsichtig mit Seifenwasser gewaschen, und dann habe ich eins nach dem anderen an die Badezimmerkacheln geklebt. Die ganze Wand voll. Es sah ungewöhnlich schön aus. Ich habe dagesessen und mir stundenlang die Blumen, Blätter, Tiere und Steine angesehen. Eine richtige Frühlingswand. Als das Bonbonpapier trocken war, habe ich es von den Kacheln gelöst und zwischen die Seiten meines Buchs gelegt. Sie haben mich vor der Langeweile des Mao-Studiums gerettet.«

Am nächsten Morgen war ich nicht erpicht darauf, zur Schule zu gehen, denn ich hatte Angst, Wilder Ingwer zu sehen. Ich blieb den ganzen Vormittag im Bett und tat, als wäre ich krank. Am Nachmittag kam sie zu uns. Sie trug ihre Armeeuniform und schien bester Laune. Nachdem sie meiner Mutter einen Knoblauchzopf überreicht hatte, kam sie schnurstracks zu mir ans Bett.

Ich setzte mich auf wie eine Verbrecherin, die sich der Polizei gegenübersah.

»Geht's dir nicht gut?« Sie sah besorgt aus und legte die Hand auf meine Stirn. »Kein Fieber. Was ist los?«

Mir wurde klar, dass sie nicht wusste, was letzte Nacht passiert war. Ich schob ihre Hand weg. »Ich bin nur ein bisschen müde.«

»Ist das meine Schuld, weil du zu lange im Schrank bleiben musstest?«

»Natürlich nicht.« Ich stand auf. »Das war kein Problem. Überhaupt keins.«

»Es tut mir Leid, dass ich letzte Nacht eingeschlafen bin. Immergrün ist weg. Er ist einfach gegangen und seither nicht wieder aufgetaucht. Sicher ist er verärgert. Aber das ist nicht schlimm, ich werde es wieder gutmachen. Er ist gern mit mir zusammen. Ich könnte lesen, was ich wollte, es wäre ihm egal.« Sie lächelte.

Plötzlich ärgerte mich ihr Lächeln. Ich sagte nichts und zog meine Schuhe an.

»Was hast du gemacht, nachdem er gegangen ist?«

»Ich?« Ich trat mir die Schuhe von den Füßen und zog sie dann wieder an. »Wie meinst du das? Möchtest du … eine Tasse Wasser?«

»Nein danke. Du bist doch nicht zusammen mit ihm weggegangen, oder?«

»Nein, natürlich nicht. Du hast doch selbst gesagt, er soll nicht wissen, dass ich da bin.«

»Stimmt.«

»Ist es kalt draußen?« Ich versuchte, meine Nervosität zu überdecken.

»Was hast du denn dann gemacht?« Sie streckte das Kinn vor und sah mir in die Augen.

»Ich ...«

Sie lachte. »Du kannst ruhig die Wahrheit sagen.«

»Die Wahrheit? Welche Wahrheit?«

»Dass du auch eingeschlafen bist.«

»Ja, ich bin eingeschlafen. Natürlich.«

Was tatsächlich geschehen war, kam mir unwirklich vor. Eine Woche verging, ohne dass wir drei Kontakt zueinander hatten. Es schien, als warteten wir auf etwas. Ich war mir über meine Gefühle im Unklaren. Immer wieder ließ ich die Ereignisse im Schrank vor meinem inneren Auge vorüberziehen. Ich fühlte, dass es zwischen mir und Wilder Ingwer nie wieder wie früher sein konnte. Zwar hatte ich sie meines Erachtens nicht hintergangen, aber ich konnte auch nicht behaupten, ein reines Gewissen zu haben. Ich hatte Immergrün schamlos genossen und war glücklich, dass es passiert war. Immergrün und ich hatten uns gegenseitig etwas gegeben, wonach wir uns beide sehnten – menschliche Zuneigung. Ich war zu ausgehungert und egoistisch gewesen, um ihn zurückzuweisen; außerdem hatte ich ihn und Wilder Ingwer von Anfang an beneidet. Schon immer hatte ich an ihrer Stelle sein wollen, lange bevor Immergrün zu mir gekommen war. Die Tatsache, dass ich gegenüber Wilder Ingwer verschwiegen hatte, dass er mich damals im Schrank gesehen hatte, schien ihn ermutigt zu haben. Meine eigene Rechtfertigung war, dass sie Immergrün nie körperlich begehrt hatte. Hätten die beiden eine Liebesbeziehung gehabt, hätte ich mich niemals zwischen sie gedrängt.

Zehn Tage später erhielt ich einen Brief von Immergrün. Er fragte, ob ich ihn am Abend um halb neun in der Wohnung eines Freundes im Großer-Bär-Weg treffen könnte. Ich war unglaublich aufgeregt und erschien pünktlich vor dem Haus direkt an der Straße. Die Wohnung selbst lag im zweiten Stock über einem Korbladen. Auf der schmutzigen Treppe standen lauter Körbe. Die Holzstufen knarrten unter meinen Füßen. Ich klopfte an die schmale Tür. Ein dünner Mann mittleren Alters öffnete sie, ließ mich wortlos eintreten und ging dann. Ich hörte, wie er die Tür verschloss.

»Hallo.« Immergrüns Stimme kam aus dem Dunkel.

»Ich muss dich sehen.«

»Ich zünde eine Kerze an.«

»Sind wir hier sicher?«

»Herr Xing ist der öffentliche Ausrufer des Viertels. Keiner belästigt ihn.« Die Kerze war düster wie ein Geisterauge.

»Womit hast du ihn bestochen?«

»Er braucht Lebensmittelscheine. Seine Familie lebt auf dem Land und stirbt vor Hunger.«

Er begann mich zu küssen.

»Keine Schuldgefühle?«, fragte er mich. »Ich hatte Angst, dass du vielleicht bereust, was wir getan haben.«

Ich sagte ihm, dass ich überhaupt nichts mehr dächte. Dass ich nicht mehr denken könne, da ich nicht mehr ich selbst sei.

»Mir geht es genauso«, sagte er und blies die Kerze aus.

Das Zimmer war vollkommen dunkel.

Von unten drangen die Stimmen der Korbmacher zu uns hoch. Sie sprachen in einem merkwürdigen Dialekt, schrien und lachten zur gleichen Zeit.

Immergrün berührte mich schweigend. Es war, als wären

wir seit Jahren ein Liebespaar – unsere Körper wussten genau, was den anderen glücklich machte.

»Lass uns Reaktionäre sein, lass uns Maos Haus niederbrennen«, flüsterte er.

Wir liebten uns immer und immer wieder.

Unter uns wurde es ruhig. Die Arbeiter der Mitternachtsschicht waren gegangen. Ich wurde allmählich müde, aber Immergrün wollte einfach nicht aufhören.

Er saß neben mir bei der Kerze und sah zu, wie ich den Imbiss verschlang, den er mitgebracht hatte.

»Warum isst du nicht noch eine Dampfnudel?«, fragte ich.

»Gute Idee.« Er lehnte sich an mich und sagte: »Dann zieh mal deine Bluse aus.«

»Nein. Warum?«

»Weil ich nur auf dich Appetit habe.«

Ich lachte. »Geh und kau ein paar Mao-Zitate! Füll deinen Bauch damit. Mach schon! Der Vorsitzende Mao lehrt uns …«

»›Tausend Jahre sind zu lang, nutze die Gunst der Stunde‹.« Er ergriff meinen Arm. »Der Vorsitzende Mao lehrt uns: ›Die Revolution ist ein Aufstand, ein Gewaltakt, durch den eine Klasse eine andere Klasse stürzt.‹«

»Der Vorsitzende Mao lehrt uns ebenfalls« – ich legte die Dampfnudel hin und rang mit ihm –, »›diese Situation muss geändert werden. Der Aggression und Unterdrückung seitens des Imperialismus, hauptsächlich des amerikanischen, ein Ende zu setzen ist die Aufgabe aller Völker der Welt.‹«

Er wurde wild. »›Wenn die monopolkapitalistischen Gruppen der USA darauf beharren, ihre Aggressions- und Kriegspolitik zu betreiben, werden sie zwangsläufig eines Tages von den Völkern der Welt an den Galgen gebracht werden‹.«

Ich spürte meinen Körper erglühen und konnte nicht weiter rezitieren.

»Hör ja nicht auf, Ahorn! Beweise deinen Glauben an den Vorsitzenden Mao! Zeige deine Loyalität! ›Rede auf der Moskauer Beratung der kommunistischen und der Arbeiterparteien‹ in: ›Der Imperialismus und alle Reaktionäre sind Papiertiger‹. Los, weitermachen!«

»›Meiner Ansicht nach‹«, begann ich, »›ist gegenwärtig in der internationalen Lage ein neuer Wendepunkt eingetreten.‹« Ich hielt inne, da mir die Gedanken wirr im Kopf umherschwirrten – das Vergnügen war einfach überwältigend.

»Mach weiter, Ahorn, mach weiter. ›Es gibt jetzt zwei Luftströmungen in der Welt‹« – er umfasste von hinten zärtlich meine Brüste –, »›den Ostwind und den Westwind. Ein chinesisches Sprichwort lautet: ›Entweder der Ostwind übertrifft den Westwind oder der Westwind übertrifft den Ostwind.‹«

Wir waren außer Atem. Er bestand darauf, weiter zu rezitieren. Seinen Schweiß auf meinen Lippen, fuhr ich fort: »›Ich glaube, die Besonderheit der gegenwärtigen Lage besteht darin, dass der Ostwind über den Westwind die Oberhand gewonnen hat, das heißt, dass die sozialistischen Kräfte den imperialistischen Kräften absolut überlegen sind …‹«

Unsere Körper fanden sich wieder.

Die Szene in unseren Köpfen war herrlich.

»Sag ja, Ahorn, sag ja! Sag, dass du mich auch willst, sag es! Ich muss es aus deinem Mund hören!«

Meine Tränen strömten.

»Ja! Mach das noch einmal, Ahorn, ja!«

»Der Vorsitzende Mao lehrt uns …«

»Nein.«

»Mach schon, Immergrün!«

»›Völker … Völker der ganzen Welt, vereinigt euch, besiegt die USA-Aggressoren und alle ihre Lakaien! Völker der ganzen Welt, seid mutig, habt Mut zu kämpfen, fürchtet keine Schwierigkeiten, stürmt Welle auf Welle vorwärts.‹«

»›… und die ganze Welt wird den Völkern gehören. Alle finsteren Mächte werden restlos vernichtet werden.‹«

»›Schiebt den Karren weiter‹, Ahorn!«

»›Schiebt den Karren weiter, bis … bis wir den kommunistischen Himmel erreichen!‹«

»O Ahorn, der blinde Mann pflückt Pfirsiche.«

»Und die blinde Frau hat einen fetten Fisch gefangen – ein Wunder ist geschehen.«

»Sag die Zitate auf!«

»Du Lehnstuhlrevolutionär!«

Er stöhnte. »Oh! Vorsitzender Mao!«

Die Nacht war erst zu Ende, als wir einander schließlich erschöpft in den Armen hielten. Ich hatte mir vorgenommen, über Wilder Ingwer zu reden, aber keine Gelegenheit gefunden. Um ehrlich zu sein, hatte ich sie auch nicht gesucht. Das Problem war zu groß geworden, um noch gelöst werden zu können. In der Zwischenzeit testeten Immergrün und ich uns gegenseitig. Bevor ich irgendetwas in Bezug auf Wilder Ingwer unternehmen konnte, musste ich sowohl meine als auch seine Gefühle kennen. Trotzdem fürchtete ich, keine Kontrolle über die Situation zu haben. Wilder Ingwer konnte jederzeit misstrauisch werden. Genau genommen wartete ich sogar darauf. Sie hatte bislang immer eine Vorahnung gehabt, wenn sich in ihrem Leben etwas anbahnte. Ich witterte schon die beißenden Worte in ihrem Mund.

Ich ging Wilder Ingwer weiterhin aus dem Weg. Zum Glück war sie die ganze Zeit mit einer großen Kampagne zur Verbreitung der neuesten Lehren Maos beschäftigt. Dann gab es einen »Unfall«, wie Wilder Ingwer es nannte, aber ich sah es anders. Der Vorfall hat meiner Begeisterung für die Maoisten einen großen Dämpfer versetzt. Ein Schüler der oberen Klasse hatte die Rotgardisten beschuldigt, sein Klavier zerstört zu haben. Ein Streit brach aus, bei dem die Rotgardisten seine Hand in eine Tür hielten und die Tür zuknallten.

Wilder Ingwer war herbeigeeilt. »Der Mann hätte die Lieder mit den Mao-Zitaten spielen können! Ich kenne ihn. Er heißt Guo-Dong, Großer Strahl. Er ist ein guter Genosse. Wir hatten überlegt, ihn das Solo in der Shanghaier Mao-Propaganda-Band spielen zu lassen. Ich bin verantwortlich dafür, jemanden zu finden, der das macht! Und jetzt habt ihr meinen Plan ruiniert!« Sie befahl, dass derjenige, der die Tür zugeknallt hatte, sofort verhaftet und zu lebenslangem Gefängnis verurteilt wurde.

Das Urteil schien uns allen zu hart. Wilder Ingwer verhielt sich in letzter Zeit sehr seltsam. Sie war distanziert und machte einen unnahbaren Eindruck. Ihre Augen sahen müde aus, doch ihr Blick war noch immer stechend. Irgendetwas schien sie ernsthaft zu stören, denn sie war immer wütend.

Auf dem Weg nach Hause rannte ich, als wäre jemand hinter mir her. Dabei waren es nur meine eigenen Gedanken, die mich jagten. Immergrün und ich hatten uns seit einem Monat nicht mehr getroffen. War er zu Wilder Ingwer zurückgekehrt? Oder hatte sie etwas herausgefunden und ihn gezwungen, alles zu gestehen? Ich hatte das Gefühl, dass es bald zu einer Konfrontation zwischen Wilder Ingwer und mir kommen würde.

Es war zwölf Uhr mittags und fast menschenleer in unserem Viertel. Die hochsommerliche Hitze war erdrückend. Fette Heuschrecken fielen über die Bäume her und stießen schrille Töne aus. Als ich mich unserer Gasse näherte, verlangsamte ich meinen Schritt. Unter dem Baum hatte ich einen Schatten entdeckt. Es war Immergrün.

»Ich bin fertig mit Wilder Ingwer«, begann er unvermittelt.

Ich fühlte mich unwohl und erleichtert zur gleichen Zeit.

»Gestern Abend habe ich eine Entscheidung getroffen und bin zu ihr nach Hause gegangen.« Immergrüns Stimme klang angespannt. »Sie ... sie wusste, dass etwas passiert war. Als ich deinen Namen erwähnte, schlug sie mir ins Gesicht. Sie sagte, an den Einzelheiten sei sie nicht interessiert. Sie hat auch nicht geweint. Sie ... hat mich zu ihrem Bett geführt.«

Meine Haarwurzeln kribbelten.

»Sie zog sich aus und sagte, sie würde mir geben, was ich wollte. Auch wenn es bedeutete, dass sie künftig lügen müsse, um ihre Position nicht zu gefährden.«

Ich ging neben dem Baum in die Hocke und wartete, dass er weitersprach.

»Mein Kopf war auf einmal wie leergefegt.« Er kniete sich neben mich und flüsterte kaum hörbar. »Ich ... versuchte, sie davon abzuhalten, mich auszuziehen. Sie war ... Ich weiß nicht, wie ich es beschreiben soll. Ich wusste nicht, ob sie überhaupt bei sich war. Jedenfalls wollte sie mich nicht loslassen … Sie bestand darauf, dass wir miteinander schliefen. Ich sagte ihr, dass ich das nicht tun könne. Ich … ich wollte ihre Gefühle nicht verletzen und sagte, das wäre es nicht wert. Dass sie es das erste Mal mit jemandem tun solle, der es zu schätzen wisse. Dann fing sie an zu weinen.«

Tränen stiegen in mir auf.

»Sie sagte, sie hätte sich jetzt so gedemütigt, dass ich … wenn ich ein Gewissen hätte … verpflichtet sei, Mitleid mit ihr zu haben und mich ihrer zu erbarmen … Es war … furchtbar. Sie schlug sich selbst ins Gesicht, als ich mich weigerte, sie zu berühren. Sie schlug ihren Kopf an die Wand, entschuldigte sich beim Vorsitzenden Mao und sagte, sie würde die Bestie aus ihrem Körper peitschen. Ich konnte es nicht mit ansehen, wie sie ihren Kopf immer wieder an die Wand knallte. Ich flehte sie an aufzuhören und … sagte, ich würde versuchen, sie zu nehmen.

Es war wie mit einer Toten. Sie lag mit verkniffenem Gesicht und geschlossenen Augen unter mir, die Beine breit, als würde sie gefoltert … Aber sie wollte mich nicht loslassen. Weinend sagte sie: ›Du musst mich nehmen!‹ Sie redete und redete und zitierte Mao. Sie schrie mich an: ›Beweis mir, dass du kein Feigling bist, gib zu, dass das Böse dich verführt hat. Zeig mir deine Blöße, hol dein Sonnenwerkzeug raus und sieh es dir genau an, spuck darauf …‹ All diese furchtbaren Worte, ich kriege sie nicht mehr aus dem Kopf. Ich glaube, ich war verrückt, mir das anzuhören. Es tut mir Leid, Ahorn, ich hätte dir das nicht alles erzählen sollen …«

»Sprich weiter, bitte. Ich muss alles wissen.«

»Sie sagte, jetzt sei sie an der Reihe, sich in den Pfuhl der

Schande zu werfen. Sie müsse selbst erfahren, wie grotesk das Paaren sei. Sie zog einen Spiegel heran und verlangte, dass ich mir darin ansehe, wie ich sie nehme. Unsere hässlichen Geschlechtsorgane. Sie sagte: ›Findest du sie nicht absolut eklig? Das eine ein Wurm und das andere ein Bienennest! Das eine sollte man abschneiden und das andere versengen!‹ Sie schaffte es, dass ich in dem Moment meinen Körper wirklich hasste. Ich hätte mich fast übergeben. Sie fand meinen Ekel angebracht. Guck genau hin! Ich höre sie noch immer schreien. ›Was siehst du da? Tiere! Tiere!‹

Ich war absolut impotent … Ich flehte sie an, mich gehen zu lassen, aber sie sagte, wir müssten das Problem lösen. Denn nur der Sex würde mich daran hindern zu erkennen, was für ein großer Maoist ich werden könnte. Sie sagte, sie könne mir die Augen öffnen, ich müsse es ihr nur erlauben. ›Du musst eine Erektion bekommen‹, schrie sie. ›Wir müssen es hinter uns bringen, damit du ein für alle Mal davon kuriert wirst. Wir müssen es machen, um diese mystische Vorstellung von unseren Körpern zu überwinden.‹ Ich versuchte, ihr meine Impotenz zu erklären, aber sie weigerte sich zuzuhören. Sie drückte sich an mich, ganz wild, und da hat mein Körper mich verraten und … plötzlich« – Immergrün hielt inne und rang mit bebenden Schultern und kreideweißem Gesicht nach Luft – »sah ich Blut.«

18

Ich konnte nicht schlafen. Ich glaubte, Wilder Ingwer eine Erklärung zu schulden. Inzwischen war ich mir über meine Gefühle für Immergrün im Klaren. Nach unserem Gespräch hatte er mir einen Brief geschrieben. »Ahorn, für mich ist die Liebe wichtiger als der Maoismus.«

Nach gründlichem Nachdenken schrieb ich ihm zurück. Ich nahm seinen Antrag, uns zu verloben, an, aber unter einer Bedingung: Wir müssten unsere Beziehung so lange ruhen lassen, bis ich mit Wilder Ingwer Frieden geschlossen hatte. Wilder Ingwer spielte eine zu wichtige Rolle in meinem Leben. Ich war fest entschlossen, unsere Freundschaft aufrechtzuerhalten.

Es war zwei Uhr morgens. Tausend Gedanken schossen mir durch den Kopf. Schließlich stand ich auf und schlich aus dem Haus. Ich wanderte ziellos durch die Straßen und fand mich auf einmal vor dem Haus von Wilder Ingwer wieder. Es brannte noch Licht. Ich stand vor der Tür und überlegte, ob ich klopfen sollte, als die Tür plötzlich aufging. Wilder Ingwer stand in Uniform vor mir.

»Ich habe nicht vor, dich anzuspucken, aber vielleicht kann ich nicht anders«, sagte sie. »Geh weg, Ahorn.«

»Wilder Ingwer«, brachte ich schwach hervor. »Gib mir eine Chance.«

»Geh weg, bevor ich mein Gewehr nehme und dir in den Kopf schieße.«

»Bitte, Wilder Ingwer, ich tue alles, was du willst, alles.«

Sie lachte. »Alles? Wem willst du das weismachen? So

etwas sollte man nicht sagen, wenn man es nicht wirklich meint.«

»Ich meine es wirklich.«

»Dann gib Immergrün auf. Nun, meinst du es immer noch?«

Ich senkte den Kopf.

»Wie blind ich war, dir zu vertrauen … Wie ich mich dafür hasse!«

»Bitte, Wilder Ingwer, ich bin …« Doch mein Mund gehorchte mir nicht mehr. Ich versuchte, ihm weitere Worte zu entlocken, aber in meinem Kopf herrschte Chaos. Ich sah Wilder Ingwer reden, doch hören konnte ich sie nicht. Ich sah ihre Lippen »Ich hasse mich« formen. Plötzlich hatte ich wieder das Bild vor Augen, wie sie sich vor Jahren mit dem Bleistift in die Hand gestochen hatte.

Da wurde mir klar, dass ich Immergrün nie wirklich lieben und unsere Beziehung nie wirklich funktionieren könnte, weil wir niemals Ruhe finden würden. Wir waren von Anfang an zum Scheitern verurteilt – ich liebte Wilder Ingwer so sehr, dass mich ihr Leid wegen Immergrün verfolgen würde wie ein Fluch.

Sie stieß mich weg und knallte die Tür zu.

Ich verharrte reglos, unfähig einen Gedanken zu fassen.

Ich weiß nicht mehr, wie lange ich so dastand. Der Tag brach an. Die Heuschrecken begannen ihren Chorgesang, wurden immer durchdringender und lauter. Der Klang füllte meinen Kopf.

Drei Monate lang herrschte Schweigen zwischen Wilder Ingwer und mir. Der Schmerz verging nicht, er wurde nur noch schlimmer. Wir waren fast achtzehn Jahre alt. Das Mao-Studium langweilte mich, und ich suchte Zuflucht in meiner eigenen Welt aus westlichen Romanen ohne Buchdeckel und von Hand kopierten uralten Schriften, die zu meiner Obsession wurden. Immergrün hatte seinen Posten als Bezirksleiter der Roten Garde niedergelegt und nahm an einem militärischen Trainingsprogramm teil, das ihn auf den Einsatz in Vietnam vorbereitete. Wir schafften es nicht, einander fernzubleiben.

Wilder Ingwer veränderte sich grundlegend. Sie stellte Regeln für alle Jugendlichen auf: Wer bei einer sexuellen Handlung erwischt wurde, galt als Verbrecher. Sie übernahm persönlich die Leitung von Razzien, bei denen die Rotgardisten in Häuser eindrangen.

Ich spürte, dass sie alles versuchte, um uns zu erwischen.

An diesem Morgen hatte ich das Gefühl, auf fremden Füßen zu gehen. Ich aß kein Frühstück. Sobald ich vom Markt zurück war, ging ich zur Schule. Schon von weitem sah ich, wie Scharfer Pfeffer sich angeregt mit Wilder Ingwer unterhielt. Scharfer Pfeffer trug eine Bluse, die mit Tannenbäumen und Schnee bedruckt war. Wilder Ingwer hatte eine marineblaue Mao-Jacke mit leuchtend rotem Kragen an. Sie las einen Antrag durch, den offensichtlich Scharfer Pfeffer ausgefüllt hatte. Beim Näherkommen sah ich den roten Briefkopf und wusste sofort, dass es sich um den Aufnahmeantrag von Scharfer Pfeffer in die Kommunistische Partei handelte.

Bei meinem Anblick legte Wilder Ingwer den Arm um die Schulter von Scharfer Pfeffer und ging mit ihr davon. Kaum zwei Wochen später war Scharfer Pfeffer Parteimitglied. Sie folgte Wilder Ingwer wie ein Hund. Den ganzen Tag lang schleppte sie den schweren Kleistereimer und half Wilder Ingwer beim Ankleben der Nachrichtenplakate. Wenn Wilder Ingwer Reden hielt, schenkte sie ihr Wasser ein. Auf den Versammlungen der Mao-Aktivisten schmeichelten sie sich gegenseitig. Scharfer Pfeffer wuchs mindestens fünf Zentimeter, wenn sie mir in unserem Viertel begegnete. Sie verwarnte mich, weil ich letzten Donnerstag zu spät zur Rezitation der Mao-Lehren gekommen war.

Als radikale Maoistin trieb Wilder Ingwer nicht nur sich selbst, sondern den ganzen Bezirk dazu an, beim Mao-Studium vorbildhaft zu sein. Im Namen Maos machte sie uns zu Sklaven. Wir leierten die Zitate herunter wie buddhistische Mönche ihre Schriften. Ich hatte nicht einmal mehr Zeit, auf den Markt zu gehen. Jeden Morgen ertönte Wilder Ingwers schrille Pfeife aus den Lautsprechern, die an den Leitungsmasten des ganzen Viertels hingen. Oft lief ich zur Schule, ohne das Gesicht gewaschen oder die Zähne geputzt zu haben. Innerhalb weniger Minuten versammelten sich sämtliche Schüler und Lehrer auf dem großen Platz, wo Wilder Ingwer bereits auf der ein Meter hohen Betonbühne stand. Das Mikrofon in ihrer Hand sah aus wie eine Granate. Ihre Haut war von der Sonne verbrannt, ihre Augenlider zuckten nervös, und ihre Hände waren zu Fäusten geballt. Am Anfang hatte sie ihre Stimme meist noch unter Kontrolle, doch es dauerte nie lange und sie fing an zu schreien. Ihre Worte hagelten zusammen mit dem statischen Knistern der Lautsprecher auf uns nieder. Nach der kurzen Rezitation von Mao-Sprüchen mussten wir marschieren und rennen.

Manchmal waren wir so lange in Bewegung, dass wir uns fragten, ob sie uns vergessen hatte. Jeder, der zwischendurch aufhörte, wurde öffentlich gedemütigt und bestraft.

Wenn ich Wilder Ingwer zufällig begegnete, behandelte sie mich wie Luft. Einmal, als sich unsere Schultern berührten, fing sie hysterisch an zu lachen. Zu Scharfer Pfeffer war sie sehr freundlich. Wäre sie ein Hund gewesen, hätte diese sicher heftig mit dem Schwanz gewedelt. Ich wusste, dass sie es auf einen Sitz im Hauptquartier der Roten Garde abgesehen hatte.

19

Wenn meine Mutter mich nach Wilder Ingwer fragte, log ich. Wahrscheinlich ahnte sie, dass unsere Freundschaft zerbrochen war, konnte aber genauso wenig darüber sprechen wie ich.

Am Ende des Sommers kam Immergrün vom Militärtraining zurück. Auf dem Bahnhof, wo ich ihn abholte, sprachen wir über unsere Zukunft. »Ich habe meine Meinung geändert«, begann er. »Ich will nicht mehr nach Vietnam. Ich möchte in einem entlegenen Dorf auf dem Land eine Grundschule für arme Kinder gründen. Solche Schulen werden von Ehepaaren geleitet.« Nach einer kurzen Pause fragte er: »Willst du die Ehefrau sein?«

Ohne nachzudenken sagte ich ja. Da ich es nicht geschafft hatte, Frieden mit Wilder Ingwer zu schließen, wollte ich genauso dringend weg von hier wie er. »Du musst aber warten, bis ich mit der Mittelschule fertig bin«, fügte ich nur hinzu. Er war begeistert. Auch ich fand die Vorstellung, zusammen mit Immergrün und weit weg von Wilder Ingwer Kinder zu unterrichten, reizvoll und aufregend. Die Möglichkeiten für Schulabgänger waren 1973 nicht gerade ermutigend. Die Bevölkerung in Shanghai war enorm gewachsen und die Stadt total übervölkert. Arbeiter wurden kaum gebraucht. Mit viel Glück konnte man bei entsprechender Qualifizierung eine Anstellung bei der Stadtreinigung bekommen. Alle anderen wurden in Arbeitskollektive aufs Land geschickt. Das Schicksal eines Menschen hing von seiner Herkunft ab, dem Grad seiner Loyalität gegenüber Mao und der Quote, nach der eine Familie der Regierung Landarbeiter zur Verfügung stellen musste.

Als ich meinen Eltern die Neuigkeit überbrachte, sagten sie nichts. Offensichtlich hielten sie es für keine gute Idee, dass ich mich mit achtzehn verlobte. Ich erklärte, dass unsere Liebe stark sei, und schließlich gaben sie mir stumm die Erlaubnis. Als Immergrün die ersten Gratulationen und kleinen Geschenke von den Nachbarn erhielt, mahnte er, ich solle mich »vor Wilder Ingwer in Acht nehmen«. Da ich mir nicht vorstellen konnte, dass Wilder Ingwer gefährlich war, nahm ich seine Worte nicht allzu ernst.

»Sie will dir vielleicht nicht absichtlich wehtun«, warnte Immergrün, »aber sie ist verrückt.«

»Nun, sie braucht Zeit, um über ihren Schmerz hinwegzukommen, den immerhin wir verursacht haben«, erwiderte ich.

»Ich finde nicht, dass wir schuld an ihrem Leid sind«, widersprach Immergrün. »Sie hat uns beiden von Anfang an klar gemacht, dass es ihr wichtiger ist, Maoistin zu sein, als bloß ein gewöhnlicher Mensch. Sie wollte mich nicht. Drastisch ausgedrückt hast du sozusagen das abgekriegt, was sie verschmäht hat.«

Ich wollte mich nicht mit Immergrün streiten. Ich glaubte, dass Wilder Ingwer ihn liebte. Aber das war der Teil in ihr selbst, den sie nicht verstand, mit dem sie nichts anzufangen wusste. Ich hatte ihre Verwirrung ausgenutzt. Ich war der Dieb und darauf gefasst, mich eines Tages ihrer Wut zu stellen. Ich brauchte diese Auseinandersetzung; ich wollte von ihr ins Gesicht geschlagen werden. Das würde mir zeigen, dass sie mir vergeben hatte und alles Gute für die Zukunft wünschte.

20

Wir organisieren eine Massenkundgebung mit Liedern aus Mao-Zitaten!«, tönte die Stimme von Wilder Ingwer aus dem Lautsprecher. »Die Kulturrevolution ist jetzt sieben Jahre alt und der Kampf zwischen dem Proletariat und der Bourgeoisie intensiver denn je. Die Verteidigung des Maoismus und die Demonstration der Stärke des Proletariats ist nicht nur wichtig, sondern absolut notwendig. Wir müssen unsere Mao-Lieder laut, lauter und immer lauter singen. Wir müssen die Ideen des Maoismus noch eindringlicher propagieren. Die Kundgebung findet im Shanghaier Sportstadion statt!«

Die ganze Stadt war auf den Beinen. Scharfer Pfeffer führte eine Gruppe von tausend Mitgliedern an und verteilte an jeder Straßenecke Flugblätter. Die Menschen mussten alles stehen und liegen lassen und dem Ereignis beiwohnen. Das Stadtkomitee forderte alle Fabriken, Arbeitskollektive und Schulen auf, eine Gesangsdelegation zu der Kundgebung zu schicken.

Als Organisatorin der Kundgebung wählte Wilder Ingwer die Delegationen aus und legte die Termine für die Proben fest. Sie diskutierte ihre Ideen mit dem Orchester, dem Bühnenbildner, den Klang- und Lichttechnikern und der Requisite. Sie selbst führte die Proben und Testläufe durch. Rein äußerlich schien ihre Energie unerschöpflich, aber hinter ihrem Lächeln sah ich, dass sie kurz vor dem Zusammenbruch stand. Die Nervosität in ihrer Stimme war nicht zu überhören. Die Leute, die mit ihr zusammenarbeiteten, berichteten von unberechenbaren Zornesausbrüchen und Stimmungsumschwüngen. Sie schrie grundlos, zerschmetterte Gegenstände und wurde ausfällig.

Immergrün und ich hatten keine Lust, an der Kundgebung teilzunehmen, aber unsere Namen waren aufgerufen worden. Uns blieb nichts anderes übrig, als zu den Proben ins Sportstadion zu gehen.

Die Proben dauerten drei Wochen. Fünfzehntausend Menschen aus fünfhundert Arbeitseinheiten nahmen den ganzen Tag über daran teil. Jede Gruppe musste sich erheben und so lange vorsingen, bis Wilder Ingwer es akzeptierte. Einige Gruppen waren gut. Die Shanghaier Garnison sang seit vielen Jahren, war diszipliniert und hatte offensichtlich geübt. Aber die Bauerngruppen waren schlecht. Sie waren von den Kommunen geschickt worden und hatten noch nie im Leben solche Lieder gesungen. Sie sangen falsch und verwechselten Mao-Zitat-Lieder mit ihren Volksweisen. Wilder Ingwer versuchte alles, ihnen zu helfen, doch irgendwann gab sie auf. »Wenn ihr mir zeigt, dass ihr dem Rhythmus folgen könnt, lasse ich euch den Rest durchgehen«, sagte sie schließlich. Am besten waren die Schulgruppen, aber die jüngeren Kinder hatten keine Geduld. Wenn sie nicht an der Reihe waren, schlichen sie in dem schüsselförmigen Stadion umher und hielten Ausschau nach Freunden und Nachbarskindern, um mit ihnen zu spielen.

Immergrüns Gruppe war zwei Tore weit von meiner entfernt. Ich sah, wie er still dasaß und *»Das Elektriker-Handbuch«* las. Ich verstand nicht, warum Wilder Ingwer uns unbedingt dabeihaben wollte. Es war unangenehm, ihr wie einer Fremden gegenüberzustehen.

Immergrün und ich stritten, ob wir weiter an diesen Proben teilnehmen sollten. Die Begegnungen mit ihr wurden ihm immer unerträglicher. Auch ich wäre am liebsten nicht mehr hingegangen, hatte aber Angst, dadurch unsere Zukunft zu gefährden. Immergrün sah das anders.

Wir lagen in einem Gemüsefeld irgendwo draußen in der Vorstadt. Es war Nacht. Aus Angst vor den Spionen von Wilder Ingwer fuhren wir immer bis zur Endstation des Busses. Trotzdem entkamen wir ihr nicht. Wann immer wir den Mund öffneten, sprang ihr Name heraus. Selbst wenn wir uns der Leidenschaft hingaben, ertappte ich mich manchmal dabei, wie meine Gedanken abschweiften und eine Welle der Schuld über mich rollte. Immergrün bemerkte es, konnte aber Wilder Ingwers Macht über mich nicht brechen. Das frustrierte ihn. »Wir werden Shanghai so bald wie möglich verlassen.«

Ich war mir nicht sicher, was Immergrün für Wilder Ingwer empfand. Er wollte unbedingt weg von ihr. Mein Innerstes sagte mir, der Grund dafür war, dass er sie immer noch begehrte. Vielleicht liebten wir beide Wilder Ingwer so sehr, dass wir es kaum aushalten konnten.

Um Wilder Ingwer nicht zu erwähnen, hörten wir auf zu reden. Wir trafen uns gewöhnlich an der Haltestelle, stiegen in den Bus und fuhren schweigend bis zur Endstation. Dort folgte ich ihm wortlos. Wir gingen mehrere Kilometer weit, bis er einen ruhigen Platz fand. Meist landeten wir in einem Kuhstall hinter einem Feld mit Yecai. Wir kletterten über die Heubündel, um uns dahinter zu verstecken. Er breitete seinen Regenmantel auf dem Boden aus, und ich bot ihm meinen Körper an. Das Ganze war zu einem Ritual geworden, das uns half, unsere Frustration loszuwerden.

Ich konnte ihn kaum anblicken, weil ich immer an Wilder Ingwer denken musste. Ständig sah ich ihre Augen vor mir, und doch wagte ich nicht, meine Gedanken laut auszusprechen. Ich kniete nieder und betrachtete die Kühe. Immergrün sagte ich, er solle mit meinem Körper tun, was ihm Spaß mache, während ich über eine Zukunft mit ihm nachdachte, eine Zukunft ohne Wilder Ingwer. Das erregte mich.

Ich spürte seine Anspannung – sein Genuss war häufig am größten inmitten unseres gemeinsamen Schmerzes. Zu oft hatte ich Tränen in seinen Augen gesehen. Auch er sprach nicht über seine Gedanken, doch ich wusste, dass sie oft bei ihr waren. Und ich sagte ihm, dass das in Ordnung sei. Dass es bald vorbei sein werde und wir überleben würden. In dem Moment brach er zusammen und war frei. Ich nahm ihn in die Arme und besänftigte ihn, bis seine Lust aufs Neue erwachte.

Eines Nachts konnte ich es nicht mehr ertragen. Ich bat ihn, mich bei ihrem Namen zu nennen. Noch bevor er antworten konnte, fing ich an, Wilder Ingwer zu imitieren, rezitierte Mao in ihrem Ton und Stil. Ich sagte die Zitate auf und öffnete dabei seine Hose.

Er nahm mich, während ich immer weiter rezitierte. Es war ihr Lieblingsparagraph: »Band drei, Seite dreiundfünfzig, ›Den Arbeitsstil der Partei ausrichten‹.

›Wir werden jeden, der einen Fehler gemacht hat, willkommen heißen und ihn von seiner Krankheit heilen, damit er ein guter Genosse wird, wenn er seine Krankheit nicht verbirgt, um der Behandlung zu entgehen, wenn er nicht so lange auf seinem Fehler beharrt, bis er nicht mehr zu kurieren ist, sondern ehrlich und aufrichtig den Wunsch zeigt, sich dem

Arzt anzuvertrauen und sich zu bessern.‹« Ich ritt ihn, während er sich sanft in mir bewegte. Zum Rhythmus seines Atems starrte ich hinaus in die Nacht. Ich sah Wilder Ingwer, wie sie mit offener Bluse und Brüsten wie Dampfnudeln dastand.

Ich nahm Immergrüns Hand und bat ihn, die Augen zu schließen. Ich bat ihn, mich zu berühren, mich zu fühlen, Wilder Ingwer zu fühlen. »›Diese Aufgabe kann nicht erfolgreich gelöst werden, wenn wir uns gehen lassen und auf ihn dreinschlagen. Bei der Behandlung ideologischer und politischer Krankheiten darf man sich nicht grob verhalten, sondern muss ausschließlich nach dem Satz vorgehen: Die Krankheit bekämpfen, um den Patienten zu retten; nur das ist die richtige und wirksame Methode.‹«

Dann schloss ich selbst die Augen und war wieder im Schrank von Wilder Ingwer.

21

Schließlich fand die Massenkundgebung statt. Der Nachmittag war kalt und windig, und die Temperatur sank immer tiefer. Eine große Menschenmenge versammelte sich vor dem Stadion. Die Sängergruppen trafen nacheinander ein. Mein Gruppenführer, ein Mann mit dem Spitznamen »der Kleine«, war wütend auf mich. »Du solltest das nicht auf die leichte Schulter nehmen! Es ist eine politische Mission und wichtiger, als fertig zu Mittag zu essen.« Er fragte, ob ich, wie verlangt, unter der Jacke ein weißes Hemd trug und den Strohhut mitgebracht hatte. Ich berichtete, ein weißes Hemd zu tragen, den Hut aber vergessen zu haben. »Geh nach Hause und hol ihn!«, schrie er mich an. »Du weißt, dass unsere Gruppe Bauern darstellen soll. Wilder Ingwer wird mein Gesicht mit Spucke duschen, wenn einer das Falsche trägt. Ihr Ruf steht auf dem Spiel. Sie gibt uns die Chance, unsere Loyalität gegenüber dem Vorsitzenden Mao zu zeigen. Es ist eine ehrenvolle Aufgabe! Wir dürfen keine Fehler machen. Singt bitte so laut ihr könnt. Singt aus Leibeskräften!«

Nachdem ich mit dem Hut zurückgekommen war, marschierte meine Gruppe ins Stadion. Es war düster und roch scheußlich. Tausende von Menschen saßen auf den kreisförmigen, schräg nach hinten ansteigenden Bänken und bereiteten sich vor. Der Lärm war ohrenbetäubend. Ich stand auf der Westseite der siebenunddreißigsten Reihe. Als ich nach Immergrün Ausschau hielt, kam der Kleine mit den Requisiten, Sonnenblumen aus Pappe. Er bat mich, ihm beim Verteilen zu helfen. »Schwenkt die Blumen beim Singen hin und her. Wir üben jetzt: ›Rede bei der Aussprache in Yenan über Literatur und Kunst‹. Seid ihr bereit? Anfangen. Unser großer Retter, unser großer Führer, unser großer Steuermann und unser großer Befehlshaber, der Vorsitzende Mao, lehrt uns …«

Während unsere Gruppe das Exerzieren übte, schlossen sich andere an. Plötzlich brodelte die Luft. Ich schwenkte meine Sonnenblume und sang: »›In der Welt von heute ist jede Kultur, jede Literatur und Kunst einer bestimmten Klasse zugehörig, einer bestimmten politischen Linie verpflichtet.‹« Ich hielt nach Immergrün Ausschau und entdeckte ihn weit oben bei einem Ausgang. »›Eine Kunst um der Kunst willen, eine über den Klassen stehende Kunst, eine Kunst, die neben der Politik einherginge oder unabhängig von ihr wäre, gibt es in Wirklichkeit nicht.‹« Diesmal las er nicht *»Das Elektriker-Handbuch«*, wirkte aber furchtbar gelangweilt. Er hatte an Seminaren und Klassen für Elektriker teilgenommen und war in Gedanken schon in seinem entlegenen Dorf. Mir hatte er gesagt, wir müssten uns auf einen Ort vorbereiten, wo noch nie jemand eine Glühbirne gesehen hätte. Er träumte davon, Licht in Dorfküchen und Motoren in landwirtschaftliche Geräte zu bringen. Ich unterstützte ihn dabei und hatte meine Ersparnisse für Zangen und Kabel ausgegeben.

Immergrün entdeckte mich und winkte mit seiner Sonnenblume. Ich winkte zurück und sang:

»›Die proletarische Literatur und Kunst sind ein Teil der gesamten revolutionären Sache des Proletariats oder, wie Lenin sagte, Rädchen und Schräubchen des Gesamtmechanismus der Revolution.‹« Er lächelte und bedeutete mir mit den Augen, ihn nicht so anzustarren. Ich dachte an das

Abendessen, zu dem ihn meine Eltern vor ein paar Tagen eingeladen hatten. So hatten sie gezeigt, dass sie ihn als zukünftigen Schwiegersohn anerkannten. Tags zuvor hatte er angeboten, eine Dusche für meine Familie zu installieren. Meine Mutter war hocherfreut, denn sie hatte lange von einer Dusche geträumt. Immergrün war am Morgen mit drei Freunden gekommen. Sie arbeiteten bis spät abends und montierten einen riesigen Holzkübel mit einem Plastikvorhang in die Küchenecke. Als sie die Dusche vorführen wollten, funktionierte der Duschkopf nicht und die Sicherung knallte durch. Immergrün war das ganz peinlich. Es stellte sich heraus, dass er in seiner Aufregung die Leitungen falsch verbunden hatte. Meine Eltern waren trotzdem beeindruckt. Am Ende funktionierte die Dusche, und meine Eltern begannen, mich bei der Vorbereitung auf meine Lebensreise mit Immergrün zu unterstützen.

Ganz unten im Stadion stand Wilder Ingwer mit dem Rücken zum Shanghaier Orchester. Der Dirigent trug weiße Handschuhe. Seine Finger waren ausgestreckt wie Essstäbchen. Ich erkannte ihn sofort wieder: Es war der junge Pianist, dem die Rotgardisten die Hände zertrümmert hatten.

Wilder Ingwer dirigierte die einströmenden Massen auf ihre Plätze. Das Mikrofon in ihrer Hand funktionierte schlecht und fiel immer wieder aus.

Scharfer Pfeffer schwirrte um Wilder Ingwer herum und versuchte, die Leitungen neu zu verbinden. Sie klopfte auf das Mikrofon, um es zu testen, und rannte die Treppe hoch und runter, um die Lautstärke zu überprüfen. Es war mir ein Rätsel, wie Scharfer Pfeffer und Wilder Ingwer es schafften, miteinander auszukommen. Ich konnte mich noch gut erinnern, was Wilder Ingwer früher von Scharfer Pfeffer gehalten hatte. Damals hatte sie immer gespottet, dass Scharfer Pfeffer niemals einen Kardiologen brauchen werde, weil sie kein Herz habe. Besaß Scharfer Pfeffer jetzt doch plötzlich ein Herz? Als Scharfer Pfeffer die Mitgliedschaft der Kommunistischen Partei erhielt, sagte sie: »Ich war ein Stück Dreck, bevor Wilder Ingwer sich meiner angenommen hat.« Ich fragte mich, ob Wilder Ingwer diese Beziehung befriedigend fand.

Die Lichter erstrahlten. Die Menschenmasse jubelte. Wilder Ingwer verkündete die Eröffnung der Kundgebung. Wir sangen die Nationalhymne »Der Osten ist rot«. Die »Arbeiter« traten in Wettstreit mit den »Bauern«, die wiederum mit den »Soldaten« und »Studenten« wetteiferten.

»Ist das nicht ein ungeheuer schönes Lied?«, schrie Wilder Ingwer.

»Ja!«, schrien die Massen zurück.

»Noch eins, ja?«

»Ja!«

Den Schreien folgte stürmischer Applaus.

Unsere Gruppe sang, dirigiert von den gymnastischen Übungen, die der Kleine vollführte. Wenn er die Arme wie eine Weide im Sturm hin und her schwenkte, sangen wir hoch. Wenn er die Arme wie einen kehrenden Besen bewegte, sangen wir klagend. Meine Sonnenblume verlor immer mehr Blütenblätter. Die Frauen und Männer um mich herum schrien, so laut sie konnten. Das machte den Kleinen glücklich.

Die Lautstärke hob und senkte sich in Wellen. Nachdem

die »Soldaten« »Die Volksarmee liebt das Volk« gesungen hatten, waren wir mit unserem letzten Lied, »Die Jugend«, dran. Mein Hals schmerzte bereits furchtbar.

»›Die Welt ist euer, wie sie auch unser ist, doch letzten Endes ist sie eure Welt. Ihr jungen Menschen, frisch und aufstrebend, seid das erblühende Leben ...‹« Mitten im Lied bemerkte ich ein paar Ausländer, die mit Kameras vor der Bühne standen. Sie wurden von einem grauhaarigen Mann begleitet. Die Ausländer lächelten und ließen ihre Blitzlichter blitzen.

»Das ist der neue Parteigeneralsekretär von Shanghai!«, hörte ich jemanden sagen.

»›... gleichsam die Sonne um acht oder neun Uhr morgens‹«, schrie ich. »›Chinas Hoffnungen ruhen auf euch ...‹«

Viele Jahre später, als ich mich wieder an diese Szene erinnerte, fragte ich mich, warum Wilder Ingwer den grauhaarigen Mann und seine Gäste nicht offiziell vorgestellt hatte. Dann hätte ich vielleicht verstanden, warum sie so nervös war. Sie war wie die Führerin eines Schnellzuges, die plötzlich merkte, dass die Weichen falsch gestellt waren und sie jeden Moment in einen entgegenkommenden Zug krachen konnte. Und sie hatte keine Möglichkeit, ihn zu stoppen.

»›... Die Welt gehört euch, Chinas Zukunft gehört euch!‹« Ich weiß noch, wie sehr ich mich angestrengt hatte, die hohen Töne zu singen.

Plötzlich ging das Licht aus. Das Stadion war ein schwarzes Loch. Einen Moment lang herrschte entsetztes Schweigen, dann hörten wir Wilder Ingwer mit zittriger, unsicherer Stimme sprechen. »Ruhe ... bewahren, beruhigt euch, Genossen, es ist ein ... ein ... Also jedenfalls ist jemand unterwegs, es zu reparieren … Das ist kein Problem. Ich weiß eure Loyalität gegenüber dem Vorsitzenden Mao zu schätzen. Ich bin stolz … Und ihr solltet stolz auf euch selbst sein. Es ist alles in Ordnung, Genossen. Hört auf mich. Das Licht wird jeden Moment wieder angehen.« Aus dem Lautsprecher kam ein Knistern, dann konnten wir sie auch nicht mehr hören.

Im Dunkeln wurden Pfiffe laut. Die Leute fingen an, sich zu unterhalten. Jemand warf mit Requisiten.

Einen Moment später war Wilder Ingwer wieder zu hören. »Genossen! Die Dunkelheit hat unsere Augen verschlossen, aber sie kann nicht unseren Mund verschließen, nicht wahr?«

»Nein!«

»Lasst uns noch einmal ›Die Welt gehört euch, Chinas Zukunft gehört euch!‹ singen. Seid ihr bereit? Anfangen!«

Wir sangen. Da wusste ich noch nicht, dass meine Zukunft sich grundlegend geändert hatte.

Als das Licht wieder anging, sah ich eine Gruppe von Sicherheitsleuten herbeieilen. Sie eskortierten den Parteigeneralsekretär und seine ausländischen Gäste aus dem Stadion. Der Sekretär wirkte sehr wütend. Er zeigte immer wieder mit dem Finger auf Wilder Ingwer, die etwas sagen wollte, doch er ging schnurstracks hinaus.

Vor aller Augen hatte er Wilder Ingwer einfach stehen lassen. Sie stand mit halb offenem Mund und dem in der Hand baumelnden Mikrofon da wie ein Schneemann in der Sonne.

Die Sicherheitsleute kamen zurück, angeführt von Scharfer Pfeffer. Alle Blicke folgten ihnen, als sie die Tribüne hochgingen. In der obersten Reihe blieben sie stehen, da, wo Immergrün mit seiner Gruppe saß.

Mein Verstand tat sich schwer zu interpretieren, was meine Augen sahen. Ich rang ungläubig nach Luft: Scharfer Pfeffer zeigte auf Immergrün, und die Leute vom Sicherheitsdienst traten vor ihn und legten ihm Handschellen an.

Bevor Immergrün sich wehren konnte, wurde er abgeführt.

Scharfer Pfeffer holte Immergrüns Tasche unter der Bank hervor. Sie wirkte sehr schwer in ihrer Hand. Sicherlich war sie voller Bücher und Werkzeuge. Scharfer Pfeffer ging hinunter zu Wilder Ingwer. Sie hielt mit einer Hand die Tasche hoch, nahm mit der anderen Hand Wilder Ingwers Mikrofon und verkündete mit leuchtenden Mäuseaugen: »Wir haben den Mao-Gegner, der für den Zwischenfall heute Abend verantwortlich ist!« Scharfer Pfeffer holte Immergrüns Zangen und Schraubenschlüssel aus der Tasche. »Das Werkzeug für das Verbrechen ist in dieser Tasche. Er hat die Stromleitungen manipuliert und so die Kundgebung sabotiert.«

Die Menschen waren sprachlos.

Wilder Ingwer entriss Scharfer Pfeffer das Mikrofon und hielt es mit der Hand zu. Sie stritten sich.

»Warum können wir nicht hier darüber reden?«, schrie Scharfer Pfeffer an die Massen gewandt. »Lehrt der Vorsitzende Mao uns nicht, ›Ein wahrer Kommunist hat nichts vor seinem Volk zu verbergen‹?«

Wilder Ingwer wich zurück. Mit zittrigen Beinen und in sich zusammengesackt wirkte sie wie eine alte Frau.

22

Ich wusste nicht, was ich tat, als ich mir einen Weg durch die Massen bahnte, um hinter die Bühne zu kommen. Ein einziger Gedanke trieb mich: Ich musste mit Wilder Ingwer sprechen. Sie steckte hinter dem Vorfall, da war ich mir ganz sicher. Es gab keine andere Erklärung. Und doch hatte mich ihre Reaktion auf der Bühne verwirrt.

Als ich an einem der Requisitenzimmer vorbeikam, hörte ich einen wütenden Streit hinter der Holzwand. Ich erkannte sofort die Stimmen von Wilder Ingwer und Scharfer Pfeffer. Ich versteckte mich in einer Ecke und lauschte.

»Es hat keinen Sinn, jetzt darüber zu streiten. Es ist nun mal geschehen.« Das war Scharfer Pfeffer, mit unverhohlener Begeisterung.

»Warum hast du ohne meine Erlaubnis den Parteigeneralsekretär eingeladen?«, fuhr Wilder Ingwer sie wütend an.

»Willst du Unkraut nicht mit der Wurzel herausziehen? Du wolltest doch Immergrün etwas anhängen, um das Paar auseinander zu bringen. Ich habe dir nur dabei geholfen, und zwar gründlich.«

»Du Miststück! Ich habe dir ausdrücklich befohlen, dem Generalsekretär keine Einladung zu schicken!«

»Stimmt. Ich habe deine Absicht durchaus verstanden. Du wolltest keinen politischen Vorfall daraus machen. Du wolltest weiter die Kontrolle behalten. Du wolltest ihn brandmarken, aber nicht umbringen. Du hegst Gefühle für Immergrün. Du wolltest, dass deine Freundin Ahorn ins Exil geschickt wird, damit du ihn zurückkriegst. Was für ein wunderbarer

Plan. Ein Reaktionär wird entdeckt, und du bist der Richter. Wie sehr du doch von deiner Macht überzeugt bist. Aber wen willst du hier eigentlich für dumm verkaufen?«

»Scharfer Pfeffer!«

»Ja, Befehlshaberin. Ich war nur ein bisschen kreativ bei der Ausführung deines Befehls. Ich habe den Parteigeneralsekretär und seine ausländischen Gäste eingeladen. Ich habe einen politischen Vorfall daraus gemacht. Ich habe dich erfolgreich zugrunde gerichtet! Ja, so ist es, ich habe dich vernichtet!«

»Du Schlange! Hast du schon vergessen, dass ich mich verbürgt habe, damit du Parteimitglied wirst? Wie kannst du nur so undankbar sein!«

»Undankbar? Du scheinst zu glauben, ich hätte vergessen, wie du mir in der Schule den Rang abgelaufen hast. Ich hasse dich so sehr, ich könnte Gift trinken. Ich hätte diejenige sein sollen, die den Vorsitzenden Mao trifft. Mich hätte man eine Heldin nennen sollen. Du hast mir die Möglichkeit dazu geraubt und mein Glück …« Scharfer Pfeffer brach in Tränen aus. »O Vorsitzender Mao, mein Tag ist endlich gekommen. Lass mich deine Lehre rezitieren: ›Werde ich nicht angegriffen, greife ich auch nicht an. Werde ich angegriffen, kannst du sicher sein, dass ich zurückschlage.‹«

»Ich hätte dich umbringen sollen.«

»Richtig. Aber jetzt ist es zu spät. Die Ausländer haben den Vorfall mit ihren Kameras festgehalten. Es ist eine nationale Peinlichkeit, eine Schande für den Parteigeneralsekretär. Immergrün ist für ein Verbrechen verantwortlich, das den Vorsitzenden Mao beleidigt! Ich bin begeistert. Und das Beste ist, dass du es dir nicht leisten kannst, mit der Wahrheit herauszurücken. Weil du dich dann nämlich selbst zugrunde richten würdest. Du musst mich dein Leben lang bestechen, damit ich den Mund halte.«

»Da ich die Macht hatte, diesen Schlamassel herbeizuführen, werde ich sie auch haben, um wieder alles in Ordnung zu bringen.«

»Natürlich kannst du dich stellen. Dann würden meine Träume wirklich wahr! Du hast mir einmal gesagt, ich sei zu dumm, um die elementarsten Prinzipien der Logik und Mathematik zu verstehen, erinnerst du dich? Dann erlaube mir jetzt, dir meine Fortschritte zu demonstrieren, und zwar anhand einer neueren Rechtsprechung in diesem Land: Am 22. Mai 1972 hat ein Dieb den Geldbeutel eines Einheimischen gestohlen. Er wurde zu einem Jahr Gefängnis verurteilt. An einem anderen Tag im gleichen Monat wurde ein anderer Dieb, der den Geldbeutel eines Ausländers gestohlen hatte, zum Tode verurteilt. Der Grund? Er hat dem Ansehen der Nation geschadet. Der Vorsitzende Mao will der Welt zeigen, dass es in China keine Verbrechen gibt – seine Lehre verwandelt die Gesellschaft in ein großes moralisches Vorbild für die Menschheit. Wie du siehst, ist das Glück auf meiner Seite.«

Schweigen. Ich konnte Wilder Ingwer mit den Zähnen knirschen hören. »Ich werde Immergrün aus der Klemme helfen. Du wirst schon sehen!«

Scharfer Pfeffer zündete sich eine Zigarette an. Der Rauch trieb zu mir herüber. »Erinnerst du dich, wie du mir vor Jahren meinen Schirm weggenommen hast? Jetzt bin ich an der Reihe, den Hund zu treten.«

Als ich Scharfer Pfeffer das Wort »Schirm« sagen hörte, überkam mich ein merkwürdiger Zwang. Das Bild vor Augen, wie

Wilder Ingwer mich vor den Schlägen von Scharfer Pfeffer rettete, stürmte ich wütend los.

Wilder Ingwer und Scharfer Pfeffer schreckten hoch und drehten sich um.

»Aha, Ahorn, bist du hier, um mir zu meinem Sieg zu gratulieren oder um mit Wilder Ingwer die Niederlage zu beweinen?« Scharfer Pfeffer zog ausgiebig an ihrer Zigarette und grinste boshaft. »Erlaube mir, mich zu entfernen, Befehlshaberin.«

Schweigend starrten Wilder Ingwer und ich uns an.

»Was willst du?« Ihre Stimme war eiskalt.

»Kann ich mit dir reden?«

»Nein.« Sie drehte sich um und ging hinaus.

23

Es war unmöglich, an Statistiken zu kommen, aber 1973 war ein Jahr, in dem viele schwere Haftstrafen verhängt und Hinrichtungen vollzogen wurden. Auf Grund mangelnder innerer Stabilität wurde die ganze Nation von inneren und äußeren Kräften erschüttert. Dazu beigetragen hatte der Vietnamkrieg, in dem südlich von China die vietnamesischen Kommunisten die Amerikaner bekämpften; außerdem gab es Aufstände in Russland und Engpässe in Nordkorea. Auch im Inneren bot sich ein trostloses Bild. Maos Schüler, der Stellvertretende Vorsitzende Lin Biao, sein engster Vertrauter und designierter Nachfolger, wurde plötzlich als Mörder und russischer Spion hingestellt. Jede Woche schlug man neue Hinrichtungslisten in unserem Viertel an. Allein in der Chia-Chia-Gasse wurden zwei junge Leute hingerichtet und elf weitere verhaftet. Die Verbrecher wurden auf den Bekanntmachungen abgebildet und zwischen Nach- und Vorname das Wort »Sträfling« eingefügt. Ihre Fotos waren alle im Moment des Schocks aufgenommen worden, so dass ihr Gesicht stets verzerrt und ihre fleckigen schiefen Zähne entblößt waren. Mütter ließen ihre Kinder nicht in die Nähe der Plakate. Niemand informierte uns darüber, dass die Partei unter enormem Druck stand, weil die Kulturrevolution zum wirtschaftlichen Zusammenbruch des Landes geführt hatte. Aber die Verehrung Maos ließ nach, und die Nation verlor langsam ihren Glauben an den Kommunismus.

Die Nervosität, die im Zentralen Politbüro herrschte, zog ihre Kreise. Die örtlichen Behörden wurden angewiesen, starke »Medizin« im Kampf gegen den »Anti-Mao-Virus« einzusetzen. Wilder Ingwer geriet in den Sog dieses Strudels. Es gelang ihr nicht, Immergrün aus der Patsche zu helfen. Im Gegenteil, sie selbst wurde vom Parteigeneralsekretär verhört. Die Kontrolle über Immergrüns Fall wurde ihr entzogen und dem kommunalen Volksgericht übertragen. Das Gericht erklärte Immergrün zum Gegner Maos und verurteilte ihn zum Tode.

Als ich die Nachricht erhielt, verlangte mein Gewissen, Wilder Ingwer zu entlarven. Es war die einzige Möglichkeit, Immergrün zu retten. Doch dann stellte ich mir ihre Hinrichtung vor, und meine Entschlossenheit bröckelte. Ich konnte einfach nicht vergessen, wie sie morgens um vier Uhr die Straße gefegt hatte. In meinen Träumen durchlitt ich immer wieder den Moment, als ihr die Tränen die Wangen hinunterliefen und sie weinend sagte: »Ahorn, meine Mutter hat sich aufgehängt!«

Wenn ich sie anzeigte, würde ich dann mit meiner Entscheidung und der Pein, die sie mit sich brachte, leben können?

»Ich werde nie wieder meine Hand waschen.« Mitten in der Nacht wachte ich mit der Erinnerung an die Worte auf, die sie am Tag nach der Rückkehr von ihrem Treffen mit dem Vorsitzenden Mao gesagt hatte. Sie war ganz begeistert gewesen.

»Der Vorsitzende Mao hat mir die Hand geschüttelt. Das war der glücklichste Augenblick in meinem Leben! Das ist die Hand, Ahorn, berühr sie. Meine rechte Hand. Unser großer Retter hat sie berührt. Schau sie dir an, Ahorn, fühl ihre Wärme. Spürt dein Herz nicht auch die Kraft? Schüttle sie noch einmal, Ahorn. Heute habe ich diese großartige Wärme mit über tausend Menschen geteilt. Ich habe von morgens bis abends Hände geschüttelt. Eine alte Frau fiel vor Freude in Ohnmacht, obwohl sie meine Finger noch kaum berührt hatte. Sie sagte, sie hätte die Energie gespürt. Sie sagte, es sei die Kraft Buddhas.«

Ich hatte in das strahlende Gesicht von Wilder Ingwer gesehen. Sprach sie mit mir? Diese roten Wangen, diese glücklichen Mandelaugen. Ihre Herzlichkeit berührte mich. In den gelben Funken ihrer Pupillen sah ich Mao mit der Hand winken.

Dann erzählte sie mir von dem Foto, das von ihr zusammen mit dem Vorsitzenden Mao und dreihundert anderen Delegierten in der Großen Halle des Volkes gemacht worden war. Sie hatten sich in fünf Reihen auf einer weitläufigen Terrasse aufgestellt. Im Hintergrund hing eine Landschaftsstickerei von der Chinesischen Mauer. Wilder Ingwer stand in der Mitte, zwei Köpfe entfernt vom Vorsitzenden Mao. Drei Stunden hatten sie dort gestanden und auf ihn gewartet. Als er schließlich kam, schrien die Delegierten und weinten vor Freude. Sie verbot sich zu blinzeln, als der Fotograf das Bild machte, denn es war das Foto ihres Lebens, und sie wollte es nicht ruinieren. Doch je mehr sie das Blinzeln kontrollieren wollte, desto heftiger wurde es. Dann klickte die Kamera, und alles war vorbei. Jetzt besaß sie ein Foto mit dem größten Retter der Nation, auf dem ihre Augen halb offen und halb geschlossen waren – sie hatte gerade geblinzelt.

Ich wanderte stundenlang durch die Straßen und dachte darüber nach, wie ich Immergrün retten konnte, ohne Wilder Ingwer zu vernichten. Ein großes Gewicht lastete auf mir. Ich stieß mit einem Fahrrad zusammen, und irgendwann verlief ich mich sogar. Schließlich hatte ich eine Idee. Etwas Besseres fiel mir nicht ein.

Ich beschloss, mich zu stellen.

Ich beschloss, mich als Mitverschwörerin auszuliefern und so Immergrüns Verbrechen zu »teilen« in der Hoffnung, dass sein Todesurteil überdacht und ein milderes Urteil gefällt würde. Ich hatte keine Ahnung, ob mein Plan überhaupt funktionieren konnte. Aber eins wusste ich sicher: ein Leben ohne Immergrün war nicht lebenswert. In dieser Situation war das Gefängnis für mich ein Ort, wo ich Immergrün näher sein konnte. Im Nachhinein weiß ich aber auch, dass ich mich selbst bestrafen wollte – für meine Unfähigkeit, Wilder Ingwer anzuzeigen.

Meiner Familie verriet ich nichts von meiner Absicht. Ich würde ihnen nicht nur Schande und Schmerz zufügen, meine Eltern und Geschwister würden auch versuchen, mich davon abzuhalten. Ich war ein Feigling, aber ich war verliebt. Ich liebte Immergrün und Wilder Ingwer und brachte es nicht fertig, einen von beiden aufzugeben.

Ich aß die letzte Mahlzeit mit meiner Familie. Wir saßen zu acht um den Tisch, über dem eine nackte Glühbirne von der Decke hing. Schweigend aßen wir gesalzene Bohnen mit Haferbrei. Schließlich fingen meine Brüder und Schwestern an, über Immergrüns Urteil zu diskutieren

»Es ist zu hart«, sagte meine Schwester.

»Zu hart?«, höhnte mein Vater. »1957 ist dein siebter Onkel zu zwanzig Jahren Zuchthaus verurteilt worden, weil er vor der Befreiung Polizist war. Sie sagten, er hätte der falschen Regierung gedient. Dem Himmel sei Dank, dass nicht gleich noch andere Familienmitglieder ins Gefängnis geworfen oder verbannt worden sind. Das hätte durchaus passieren können, gemäß einer Tradition, die von alten Herrschern überliefert wurde.«

»Heutzutage braucht die Regierung keinen Grund, um jemanden ins Gefängnis zu werfen oder zu erschießen«, seufzte Mutter. »Ich frage mich, warum Immergrün das getan hat. Ahorn, hast du vielleicht eine Ahnung?«

»Mama, er war es nicht.«

»Aber er wurde doch erwischt, oder?«, sagte mein Bruder. »Er hat die Werkzeuge in seiner Tasche gehabt.«

Ich versuchte, meine Zunge im Zaum zu halten.

»War es eine Falle?«, wandte sich meine Schwester an mich.

»Wer steckt dahinter?«, wollte mein Bruder wissen.

Alle hielten mit ihren Essstäbchen inne und sahen mich an. Ich vergrub meine Nase in der Schüssel und versiegelte meine Lippen.

»Du hattest doch nichts damit zu tun, oder?«, fragte meine Schwester.

Ich schüttelte den Kopf.

»War es ... Ach, ich fürchte mich vor meinen eigenen Gedanken.« Mutter legte sich beide Hände auf den Mund. »Wilder Ingwer ist ein guter Mensch, obwohl sie manchmal sehr hart ist. Aber wahrscheinlich nur, um ihre Loyalität gegenüber der Partei unter Beweis zu stellen und sich politisches Ansehen zu verschaffen. Sie ist nicht bösartig, aber ... Ach, ich bin eine alte Frau. Was weiß ich schon über die Jugend von heute und was in ihren Köpfen vorgeht? Elend und Traurigkeit bringen nicht zwangsläufig Engel hervor.«

Vater legte seine Essstäbchen beiseite und sah mich an.

Ich stand auf, bevor Vater die Chance hatte, die Wahrheit von mir zu fordern. Ich gab vor, zum Mao-Studium in die Schule zu müssen, und eilte davon.

Am nächsten Morgen stand ich früh auf. Ich ging zum Rathaus und bat, den Leiter der Ermittlungen zu sprechen. Ich sagte, ich sei eine Gegnerin Maos und in den Vorfall verwickelt gewesen. Man führte mich ins Verhörzimmer.

Ein bewaffneter Mann erschien. Er stellte sich als Herr Wang vor und sagte, er sei der Assistent des Ermittlers. »Die Partei und das Volk sind froh, dass du Vernunft angenommen und zu den Grundsätzen des Vorsitzenden Mao zurückgefunden hast.« Er sagte, ich müsse ein schriftliches Geständnis ablegen, bevor ich dem Ermittler vorgeführt würde. »Du hast eine Woche Zeit, die Erklärung aufzusetzen.«

»Schreibe ich sie hier?«, fragte ich.

»Richtig.«

»Kann ich abends nach Hause gehen?«

»Nein.«

»Aber …«

»Du hast dich sicher auf eine schwere Reise vorbereitet.«

»Schon, aber wird es mir zugute gehalten, dass ich mich gestellt habe?«

»Für was hältst du dich eigentlich? Eine Heldin?« Er drehte sich um und knallte die Tür hinter sich zu.

Ich wurde in einen Raum ohne Fenster gebracht. Ich fing an, mein Geständnis zu formulieren. Viel gab es nicht zu sagen, nur dass ich Immergrün das Werkzeug und die Tasche besorgt hatte. Es war schwerer, eine Lüge zusammenzuspinnen, als ich gedacht hatte. Doch ich musste überzeugend sein, sonst würde mein Plan nicht funktionieren. Aber wenn ich zu viel sagte, würde Wilder Ingwer enttarnt. So beschloss ich, als Mao-Gegnerin aufzutreten und dieses Etikett mit abstrakten Worten auszumalen.

Es klang dumm, aber was sonst hätte ich schreiben sollen? Ich musste Fakten erfinden und durfte es mit der Logik nicht zu genau nehmen. Zum Beispiel glaubten wir damals alle, Atombomben standhalten zu können. Dabei hatten wir keine Ahnung, was eine Atombombe anrichten konnte. Der Vorsitzende Mao hatte gesagt, dass wir keine Angst zu haben brauchten. Also gab es keinen Grund, sich zu fürchten. Und deshalb fürchteten wir uns auch nicht. Man hatte uns gesagt, wir müssten nur tief genug graben, um ein Erdbeben in Amerika zu verursachen. Keiner von uns bezweifelte das. Wie hätte der Vorsitzende Mao sich irren können?

Es war leicht, einen Mao-Gegner zu verhaften und ihn für das Unglück des Landes verantwortlich zu machen. Die Menschen genossen solche Entlarvungen. Und es gefiel ihnen, Schurken ins Gefängnis zu werfen. Wie sollte man auch ohne das Unglück der anderen das eigene Glück erkennen? Eine ältere Dame in unserem Bezirk war für ihr maofeindliches Verhalten verurteilt worden. Sie hatte ihre Katze, die das ganze Schweinefett gefressen hatte, aus der Küche hinaus in die Gasse gejagt und gerufen: »Tötet die Katze! Tötet die Katze!« Sie hatte vergessen, dass das Wort für Katze *(Mao)* wie der Name unseres Vorsitzenden klang. Als sie es bemerkte, war es zu spät. Sie hätte rufen sollen: »Tötet die, die hinter Mäusen her ist!« Auch ein alter Mann wurde zum Mao-Gegner erklärt. Er hatte Magenprobleme und während einer Mao-Lesung gefurzt. Als er sich weigerte, dafür öffentlich Selbstkritik zu üben, kam er für den Rest seines Lebens in ein Zwangsarbeitslager. Im Gegensatz dazu war der Junge, der »Lang lebe der Vorsitzende Mao!« schrie, kurz bevor er in den Fluten ertrank, ein Held.

Das Leben ergab für mich keinen Sinn mehr.

Es gab keine Anzeichen dafür, dass mein Fall verhandelt würde. Ich bekam jeden Tag eine Schale Wasser und zwei Brötchen. Ich hatte mein Geständnis abgegeben und gesagt bekommen, ich solle eine Antwort abwarten. Die Tage verstrichen ohne Nachrichten, und meine Frustration wuchs. Allmählich wurde mir klar, dass ich eine große Dummheit begangen hatte. Nachts war mir kalt auf dem nackten Boden. Ein Plastikeimer diente als Nachttopf. Er hatte keinen Deckel, und ich atmete den Geruch meiner eigenen Exkremente ein. Am zehnten Tag klopfte ich an die Tür und bat, den Ermittler sprechen zu dürfen. Der Wachmann erschien und sagte, zur Strafe bekäme ich den ganzen Tag nichts zu essen.

Nach zwei Monaten der Isolation war mein Warten zu Ende. Herr Wang kam und las mir von einem gelben Blatt Papier die Mitteilung vor. Er sprach undeutlich, ungeduldig und unwillig, als lese er dergleichen sein ganzes Leben lang vor und als habe er keine Lust, es schon wieder zu tun.

Ich erfuhr, dass mein falsches Geständnis keinen Einfluss auf Immergrüns Fall hatte. Als Gegnerin Maos wurde ich zu lebenslanger Haft verurteilt.

»Das Urteil tritt nach einer öffentlichen Kundgebung sofort in Kraft.« Herr Wang warf mir das Blatt hin und ging hinaus, die Hände mit der brennenden Zigarette zwischen den Fingern auf dem Rücken verschränkt.

Um ein Ei zu bekommen, hatte ich das Huhn getötet. Das war dumm gewesen. Aber ich hatte keine andere Wahl gehabt. Die Ermittler hatten sich nicht einmal die Mühe gemacht, Immergrün zu befragen und zu überprüfen, ob ich die Wahrheit sagte. Oder sie hatten es doch getan, und Immergrün hatte meinen Wunsch respektiert. Vielleicht kannte Immergrün die Wahrheit, wer weiß. Warum sonst hatte er nicht auf seiner Unschuld beharrt? Vielleicht wollte er Wilder Ingwer schützen. Vielleicht verstand er ihre Eifersucht und fühlte sich schuldig wegen seines Verrats. Mit seinem Schweigen bezahlte er für den Verlust, den sie erlitten hatte.

Ich jedenfalls war die Siegestrophäe der Ankläger. Jetzt konnten sie zum Parteigeneralsekretär gehen und ihre Belohnung als Helden einfordern. Es würde Beförderungsfeiern und Medaillen geben. Der Sekretär konnte zufrieden sein, denn die Partei hatte das Gesicht nicht verloren. Die Massen waren gewarnt und Lektionen erteilt. Das war schon immer der Zweck öffentlicher Hinrichtungen gewesen.

Ich fragte mich, was Wilder Ingwer dachte. Ich wollte wissen, was sie fühlte, bevor ich für immer im Dunkeln verschwand und Immergrün eine Kugel in den Kopf bekam. Ich musste Wilder Ingwers Worte zu dem Vorfall im Stadion hören, für den sie den Boden bereitet hatte.

Ich hasste sie nicht. Ich hasste mich selbst, weil ich Immergrün überredet hatte, an der Kundgebung teilzunehmen.

Inzwischen war mir bewusst geworden, dass ich die Wilder Ingwer von früher zu erreichen versuchte. Es schien allerdings paradox, dass in dem Moment, als ich entscheiden musste, wen ich retten sollte, nur Wilder Ingwer auf meiner Liste stand. Noch immer staunte ich selbst darüber, dass ich sie nicht verraten hatte, um Immergrüns Leben zu retten. Was steckte dahinter? Wen liebte ich?

Die Antwort meines Herzens hörte ich nicht. Und doch tat ich, was mein Herz mir gebot. Was verwirrte mich so? Die Tatsache, dass Immergrün mir niemals wirklich gehört hatte? Hatte ich nie vergessen können, dass er ihr Liebhaber gewesen war? War es meine Angst? Hinderten mich Zweifel, dass Immergrün jemals ganz mein sein konnte, daran, ihn voll und ganz zu lieben? Oder war es etwas vollkommen anderes? Etwa das genaue Gegenteil? Konnte es sein, dass ich Wilder Ingwers Aufmerksamkeit auf mich lenken wollte, indem ich ihr Immergrün wegnahm? Zum ersten Mal fragte ich mich: Liebe ich Wilder Ingwer? Wie sonst war es zu erklären, dass ich Immergrün geopfert hatte, damit ihr nichts passierte? War es einfacher, mir einzureden, dass Immergrün niemals aufgehört hätte, Wilder Ingwer zu lieben? Schmerzte mich die Tatsache, dass Wilder Ingwer und Immergrün sich weiterhin liebten, so sehr, dass ich Immergrün und mich selbst zerstören musste?

24

Meinen achtzehnten Geburtstag verbrachte ich im Gefängnis. Doch ich empfand keine Reue. Mit achtzehn hatte ich lange gelernt, solche Gefühle abzutöten. Es war ruhmreich, für eine Sache zu sterben. Das haben uns die Abschiedsbriefe der Revolutionäre gelehrt, mit denen wir groß geworden sind. Jiang Jie, Hui Dai-ying und Sheng Bao-ying, um nur einige Helden zu nennen. Ich bereitete mich darauf vor, meine Strafe wie eine Kriegsgefangene zu verbüßen, und begann zu akzeptieren, dass Immergrün erschossen und ich seinen Verlust mein Leben lang betrauern würde. Es hätte noch schlimmer kommen können. Es war besser, im Gefängnis zu sein, als mich Wilder Ingwer und der Frage zu stellen, warum ich den Mörder meines Liebsten nicht preisgab. Das Gefängnis war meine Rettung geworden. Wilder Ingwer aus dem Weg zu gehen bedeutete, die Augen vor dem Schandfleck in meinem Gedächtnis zu schließen.

Ich merkte, wie ich allmählich verrückt wurde. Womit ich nicht fertig werden konnte, war, dass mein Leben ohne Immergrün bedeutungslos würde. Und doch stellte ich mir zwanghaft vor, wie wir beide in einem armen Dorf hoch oben in den Bergen lebten und uns freudig darum bemühten, Kindern einen Hoffnungsschimmer zu geben. Bei dieser Vorstellung stiegen mir jedes Mal Tränen in die Augen.

Ich erinnerte mich an eine Geschichte von Einäugiger Großvater. Er hatte erzählt, wie schwer es einmal gewesen sei, einer Gruppe Dorfkinder zu erklären, was ein Buch ist. Sie hatten noch nie eins gesehen. Damals war er als Veteran durch das Dorf gekommen. Ich war sicher, dass Immergrün und ich etwas bewirkt hätten. Schade.

Seltsamerweise fehlte mir Wilder Ingwer. Im Geiste durchlebte ich oft unsere Kindheit. Genug Zeit hatte ich ja. Auf der Bühne in meinem Kopf spielte ich viele Szenen immer wieder durch, am Schultor, im Klassenzimmer, auf dem Fischmarkt, vom »Zoo«-Tanz und im Schrank. Ich verbot mir, sie als Maoistin zu sehen. Die Vorstellung, wie sie in ein Mikrofon sprach, bedrückte mich. Ich zog es vor, meinen Kopf mit ihren französischen Liedern zu füllen. Mit meinen Erinnerungen ging ich sorgfältig um. Ich verabschiedete mich von den beiden Lieben meines Lebens, wie sie mir im Gedächtnis waren, und hieß meine Vorstellung von ihnen willkommen. Dabei fiel ein schweres Gewicht von mir ab.

Genau in dem Moment erschien sie. »Der Ermittler«, verkündete ein Wachmann.

Wilder Ingwer trat aus dem Schatten heraus in meine Zelle. Lange Zeit stand sie reglos in der Nähe der Tür. Sie beobachtete mich. Sie trug ihre Uniform, und ihre Haare steckten säuberlich unter der Mütze. Am Arm hatte sie eine neue Uhr. Mein Herz schlug schneller. Irgendwie hatte ich sie erwartet. Ich stand auf, nicht um sie zu begrüßen, sondern aus Höflichkeit.

»Lasst uns alleine«, befahl sie den Wachen. Sie zogen sich leise zurück und schlossen die Tür. Das Echo ihrer Schritte verhallte. Tödliches Schweigen. Wir lauschten unserem Atem.

Mir fiel auf, wie sehr sie sich verändert hatte. Sie wirkte erschöpft. Das Leuchten in ihren Augen war verschwunden, geblieben war ein trüber Blick. Da ich ihre ungestüme Art in

Erinnerung hatte, bereitete mir ihr Schweigen Unbehagen. Ich überlegte, was ich sagen könnte, um das Schweigen zu brechen. Unsere gemeinsame Zeit war wie Gold. Vielleicht sollte ich sie fragen, wie es meiner Familie ging. Vielleicht sollte ich sie bitten, sie mit ihrer Macht zu beschützen. Ich wollte, dass sie meiner Mutter eine Nachricht überbrachte, dass sie ihr sagte, ich habe es aus Liebe getan: Ich hatte Immergrün die Ehe versprochen, und es war die Pflicht der Ehefrau, ins Exil zu gehen, um mit ihrem Mann zusammen zu sein. Doch es war schwer, das zu sagen.

Sie saß jetzt still am anderen Ende der Bank. Die nackte Glühbirne zwischen uns ließ unsere Haut bleich aussehen. Sie blickte zur Tür, als wollte sie sichergehen, dass die Wachen nicht lauschten. Dann sah sie mich an und wartete darauf, dass ich etwas sagte.

Doch ich konnte noch immer nicht reden. Vor einer Minute waren mir viele Gedanken durch den Kopf geschossen, jetzt war er leer. Ich starrte ihre Fäuste auf dem Tisch an. Es waren dieselben Fäuste, die Scharfer Pfeffer geboxt hatten, um mich zu beschützen – ein flüchtiger Gedanke, der mir durch den Kopf schoss. Ich schluckte schwer.

Gleichsam als Antwort auf mein Starren zog sie die Hände zurück. Sie nahm die Mütze mit dem roten Stern ab und legte sie auf den Tisch. Ihre Lippen bewegten sich, aber nichts kam aus ihrem Mund heraus. Ich stellte mir vor, dass ich sie jetzt zum letzten Mal sah, und versuchte meine Trauer darüber zu unterdrücken. Stück für Stück begann mein Verstand, das letzte Bild zu malen. Das Gesicht vor mir, das ich liebte. Die dünnen Augenbrauen, die Mandelaugen mit den gelben Pupillen, die lange, zierliche Nase. Der Mund, der so unnachgiebig aussehen konnte. Es war mir unerträglich, sie noch länger anzusehen.

»Ahorn, du weißt, dass ich es war.« Ihr Mund brach schließlich auf. Ihre Stimme war leise und rau. »Warum hast du nichts gesagt?«

Ich holte tief Luft und schüttelte den Kopf.

Sie warf einen Blick auf ihre Uhr. »Sprich.« Ihr Atem ging schwer.

»Der Schaden ist schon angerichtet. Jemand muss dafür bezahlen«, sagte ich. »Jemand muss bestraft werden. Wenn nicht Immergrün und ich, dann du.«

Sie senkte den Blick, biss sich auf die Unterlippe und ließ sie nicht wieder los.

»Ich habe mich einfach dazu entschlossen, mehr nicht.« Ich war erleichtert, ihr das sagen zu können.

Ihre Lippen zitterten, und Tränen traten in ihre Augen. Sie tat alles, um ihre Gefühle im Zaum zu halten.

»Ich wünsche dir alles Gute, Wilder Ingwer«, brachte ich mühsam hervor. »Wegen allem, was wir zusammen erlebt haben, was du in der Vergangenheit für mich getan hast, wegen … dem, was ich dir angetan habe – aber ich entschuldige mich nicht.«

Abrupt stand sie auf. Wortlos öffnete sie die Tür und ging hinaus.

Ich saß da, ihre Mütze vor mir auf dem Tisch. Plötzlich packte mich ein schrecklicher Schmerz. Er tobte in meinem Bauch. Meine Hände griffen nach ihrer Mütze.

25

Am 1. Oktober, dem Unabhängigkeitstag, wurde mein Name aufgerufen. Als ich den Gefängniskorridor entlangging, starrten mich die anderen Gefangenen hinter Gittern schweigend an. In ihren Augen sah ich Mitleid und Angst, hörte die Schreie in ihren Köpfen. Plötzlich hätte ich am liebsten gesungen wie die Heldinnen in den revolutionären Opern von Madame Mao, jenen Frauen, die dem Tod mit einer Ruhe ins Auge sahen, als gingen sie bloß nach Hause. Aber meine Zähne klapperten, und meine Zunge war steif. Ich konnte kaum aufrecht gehen.

Mit gefesselten Händen wurde ich auf einen Lastwagen voller Häftlinge gestoßen. Als das Tor zuschlug, fuhren wir ab. Ich wusste nicht, wie lange die Reise dauern würde. Wir passierten weite Felder und hohe Berge. Tränen rannen mir übers Gesicht beim Anblick von grasenden Kühen auf den Hügeln und hohem Korn, das darauf wartete, geerntet zu werden. Keiner meiner Mitreisenden sah etwas davon, denn ihre schmutzig braunen Gesichter hingen bis tief hinunter auf die Knie.

Am Nachmittag wurden die Straßen besser. Der Verkehr nahm zu, und ich sah, dass wir in Shanghai waren. Durch die Bäume fielen Sonnenstrahlen aufs Pflaster. Heute fand die alljährliche Feier statt, bei der »das Huhn geschlachtet wird, um die Affen zu erschrecken«. Ich hätte nie gedacht, dass ich einmal das Huhn sein würde. Die Fußgänger zeigten kein Interesse an unserem vorbeifahrenden Lastwagen. Ein paar Kinder folgten uns und schrien: »Die Verbrecher! Die Verbrecher!«

Die Männer hatten alle ausdruckslose Gesichter und trugen Mao-Jacken. Die Frauen schleppten Körbe und zogen ihre Kinder hinter sich her. Alle hatten es eilig. Ich sehnte mich danach, meine Mutter oder meinen Vater unter ihnen zu entdecken. Bestimmt suchte meine Mutter nach mir. Wahrscheinlich hatte sie schon zahlreiche Auseinandersetzungen mit den Behörden gehabt. Meine Geschwister hatten vermutlich in allen Strafanstalten nachgeforscht, die Jüngeren ganz sicher. Sie waren bestimmt meilenweit zum Shanghaier Gefängnis Nummer eins gegangen und hatten stundenlang auf der Bordsteinkante gegenüber dem Gebäude gesessen. Sie hatten die Wachablösungen beobachtet und sich die Lastwagen mit den Sträflingen genau angesehen, in der Hoffnung, einen Blick auf mich zu erhaschen. Sie hatten bestimmt bis in die Dunkelheit dort gesessen, ohne Essen und Trinken, wie ich es einst getan hatte, als ich vor dem Büro der Arbeitslagerverwaltung auf meinen Vater wartete. Von dort war er abgefahren, und ich wusste, dass er jetzt woanders war. Aber er fehlte mir so sehr, dass es mir damals gut getan hatte, an dieser Stelle auf ihn zu warten.

Ich wusste, was mich erwartete. Jahr für Jahr hatte ich mit angesehen, wie Männer und Frauen von Soldaten zu Kundgebungen auf den Platz des Volkes eskortiert wurden. Ihre Köpfe waren geschoren. Als ich klein war, zweifelte ich nicht daran, dass es sich um Verbrecher handelte. Ich war immer glücklich, ihre Hinrichtung mit anzusehen. Ich habe Parolen geschrien und die vorbeifahrenden Lastwagen mit Steinen beworfen. Die städtischen Behörden genossen es, die »Früchte der Revolution« zur Schau zu stellen. Vor dreiundzwanzig Jahren, als die Befreiungsarmee des Vorsitzenden Mao die

Städte einnahm, waren sie durch die gleichen Straßen marschiert. Zu ihren »Früchten« hatten US-Panzer und andere Waffen gezählt. Heute waren die Sträflinge wie Neujahrsgeschenke verschnürt.

Als der Fahrer bei einem Backsteingebäude hielt, an dem weder ein Schild noch eine Nummer hing, kletterten weitere Gefangene auf den Lastwagen, von denen ich einen sofort erkannte: Immergrün. Es war Monate her, dass ich ihn das letzte Mal gesehen hatte. Sein Kopf war kahl geschoren. Seine Gesichtszüge wirkten hart. Er sah gefasst aus. Wäre ich nicht festgebunden gewesen, hätte ich mich auf ihn gestürzt. Er schenkte mir ein schwaches Grinsen, als unsere Blicke sich trafen. Sein Ausdruck war ohne Bitterkeit. Vermutlich hatte auch er beschlossen, sich zu opfern. Ich bewunderte ihn dafür, war jedoch eifersüchtig, weil er Wilder Ingwers Strafe auf sich nahm.

Wir erreichten den Platz des Volkes. Während der Lastwagen sich einen Weg durch die unendlichen Menschenmassen bahnte, sangen die jungen Leute Mao-Zitate. »›Diese Leute mögen unseren Staat der Diktatur des Proletariats nicht und hängen an der alten Gesellschaft. Immer, wenn sich eine Gelegenheit bietet, wollen sie Unruhe stiften, versuchen sie, die Kommunistische Partei zu stürzen und das alte China wiederherzustellen. Das sind Menschen, die, vor die Wahl gestellt, ob sie den proletarischen oder den bürgerlichen, den sozialistischen oder den kapitalistischen Weg einschlagen wollen, sich stur für den zweiten Weg entscheiden. Da dieser sich praktisch nicht verwirklichen lässt, sind sie in der Tat bereit, sich dem Imperialismus, dem Feudalismus und dem bürokratischen Kapital zu ergeben. Solche Leute sind ultrareaktionär gesinnt ...‹«

Ich spürte Spucke in meinem Gesicht, dann folgten Steine. Jemand erwischte meine Haare und ließ sie nicht wieder los. Der Lastwagen fuhr weiter, und ein ganzes Büschel samt Kopfhaut wurde mir herausgerissen, was furchtbar wehtat. Die Massen jubelten. Sie schrien: »Nieder mit den Gegnern Maos!« Ich war wütend, konnte mich jedoch nicht rühren, konnte das Blut nicht aus meinem Gesicht wischen. Ich spuckte einer jungen Frau zurück ins Gesicht. Sie kam herbeigerannt und klammerte sich an den langsam fahrenden Laster. Ich spürte, wie sich ihre Fingernägel in die Haut meines Gesichts bohrten.

Die Massen begannen zu singen. Es war eines meiner Lieblingslieder – das Mao-Gedicht »Die Eroberung von Nanking«. »›Regen und Wind wüten blau und gelb über dem Glockenberg, während eine Million Menschen in einer einzigartigen Truppe den Großen Fluss überqueren. Die Spitze ist ein sich windender Drache, die Stadt ein sprungbereiter Tiger, prächtiger als je zuvor. Der Himmel dreht sich, und die Erde steht auf dem Kopf. Wir sind begeistert, und doch brauchen wir all unseren Mut, um den resignierten Feind zu jagen …‹«

Plötzlich kamen mir Zweifel an meinen Beweggründen. Vielleicht waren sie gar nicht so heilig, wie ich dachte. Vielleicht war das bloß meine Art, um Immergrüns Liebe zu betteln. Sieh mich an, ich bin bereit, mein Leben für dich zu opfern. Ich bin besser als Wilder Ingwer. Du kannst es selbst sehen. Schau her, hier ist die eine, die bis ans Ende geht, die für dich stirbt – und da ist die andere, die befohlen hat, dir eine Kugel in den Kopf zu schießen.

Der Lastwagen fuhr durch das Meer aus roten Fahnen und Spruchbändern. Jedes Mal, wenn er abrupt hielt, rückte ich

Immergrün ein Stück näher. Schließlich berührten sich unsere Schultern. Ich sah in seine Augen und entdeckte Trauer.

Die Kundgebung hatte begonnen. Der Platz des Volkes war eine kleinere Version des Tiananmen-Platzes. Da es hier aber kein Tor des Göttlichen Friedens gab, war das trostlose, nach russischem Vorbild erbaute Rathaus mit dem flachen Dach das höchste Gebäude in Sichtweite. Für die Feier waren alle Mauern mit vielen roten Fahnen und Bannern geschmückt. Hunderttausende von Menschen hatten sich um die behelfsmäßige Bühne versammelt und schrien: »Wir verdanken unser Leben der Kommunistischen Partei! Wir verdanken unser Glück dem Vorsitzenden Mao!«

Ich wurde zusammen mit den anderen Sträflingen vom Lastwagen gestoßen und in einen dunklen Raum im Rathaus gebracht. Ich roch Kot. Mehrere Sträflinge hatten bereits die Kontrolle über ihren Darm verloren. Andere begannen zu schreien oder gaben unverständliche Laute von sich.

Um sie zum Schweigen zu bringen, schlugen die Wachen mit ihren Gewehrkolben auf sie ein. Doch sie hörten nicht auf. Sobald der Name eines Gefangenen aufgerufen wurde, stießen die Wachen ihn zur Bühne. Jedes Mal, wenn die Tür zur Bühne aufging, dröhnten uns lautstark Parolen entgegen.

Ich suchte Wilder Ingwer. In meinem Kopf drehte sich alles. Plötzlich konnte ich nicht mehr akzeptieren, dass ich zuließ, dass Wilder Ingwer Immergrün umbrachte und mich einsperrte. Ich musste mein Schweigen brechen, ich schmeckte die Reue auf meiner Zunge. Zum ersten Mal dachte ich, dass Wilder Ingwer es nicht wert war.

»Wilder Ingwer! Wilder Ingwer!«, schrie ich. Die Wachen kamen und traten nach mir. Ich wälzte mich auf dem Boden, doch ich schrie weiter.

Wilder Ingwer war nicht die Organisatorin dieser Kundgebung. Vermutlich kam sie erst später, als wichtige Sprecherin. Sie hatte mir einmal erzählt, dass der Vorsitzende Mao auf Versammlungen immer als Letzter sprach.

Immergrün wurde aufgerufen. Als die Wachen ihn zur Bühne stießen, drehte er sich um und sah mich an. Ich fühlte, dass er mir ein letztes Mal auf Wiedersehen sagen wollte. »Ahorn, ich komme als Baum zurück.« Tränen liefen über seine Wangen, aber er lächelte. »Ich werde dein Leben grüner machen. Wenn du jemals rauskommst, besuche bitte meine Großmutter. Sie ist dreiundneunzig Jahre alt und lebt in einem Tempel oben auf dem Bei-Berg. Er wird Felsentempel genannt. Sag ihr, sie soll bei jedem Vollmond Ausschau halten nach einer Grille, die unter ihrem Bett singt. Gib Wilder Ingwer alle meine Mao-Buttons und Bücher. Sag ihr, ich war ein stolzer Gegner Maos.«

Er trug ein blutbeflecktes weißes Hemd und eine blaue Hose. In wenigen Minuten würde er ein Märtyrer sein. Ich brach zusammen.

»Nieder mit den Gegnern Maos!« Die Rufe kamen aus dem Lautsprecher. »Nieder! Nieder! Nieder!«

Ich war schon in der Hölle. Ich hatte einen Grund, die Welt zu zerstören, eine Welt, in der Wilder Ingwer als gefeierte Maoistin weiterleben würde, ohne Reue zu empfinden. Mein Bewusstsein rebellierte gegen mein Herz. Mein Verstand nahm allen Mut zusammen. Meine Augen suchten das

Mikrofon, und mein Mund wollte sprechen. Die Rede hatte ich schon im Kopf vorbereitet. Ich wusste genau, was ich sagen würde: dass ich genug davon hatte, mich zu verstellen. Und dann würde ich die Wahrheit herausschreien. Die ganze Wahrheit, angefangen mit dem Schrank bis hin zu der Unterhaltung hinter der Bühne.

Ich erlaubte es mir, mein Versprechen zu brechen und meine Liebe zu Wilder Ingwer für tot zu erklären.

»Verurteilte Ahorn«, tönte es aus dem Lautsprecher. Die Klauen der Wachen packten meine Schultern. Mit festen Griffen stießen sie mich zur Bühne und stellten mich in die Reihe mit Immergrün.

Ich sah hinüber zu Immergrün. Seine Augen waren geschlossen und sein Kinn zum Himmel gereckt. Sein Gesicht war eine Maske der Traurigkeit.

Ich starrte das Mikrofon an. Mein Beine zitterten, meine Brust bebte.

Ein Mann mit winzigen Augen und fetten Wangen trat vor mich. Er hatte eine Schere und einen elektrischen Rasierer in der Hand. Die Wache stieß mich auf die Knie, und plötzlich war mein Himmel mit den Kinnwülsten des fetten Mannes verhangen. Er rasierte mir den Kopf.

Die Menschenmenge brodelte. Sie erinnerte mich an Millionen Termiten.

Die Haare fielen büschelweise von meinem Kopf. Ich kam mir vor wie ein Huhn, das auf dem Markt gerupft wird.

Ich wollte auf den richtigen Moment warten, um zu der Menschenmenge zu sprechen.

Plötzlich wurde ein anderer Name aufgerufen. Ich wurde

von den Knien hochgezerrt und die Bühne hinuntergeschoben.

Ich wurde wieder weggebracht! Nein! Ich bekam keine Möglichkeit, die Wahrheit zu enthüllen. Wie dumm ich doch war! Den Häftlingen, denen man erlaubte zu reden, hatte man die Stimmbänder entfernt!

Verzweiflung übermannte mich. Ich trat und wehrte mich nach Leibeskräften. Die Wache schlug mir mit dem Gewehrkolben auf den frisch geschorenen Kopf.

Die Lastwagen parkten am Rande des Platzes. Wir wurden wieder aufgeladen. Die Wachen stießen Immergrün zum ersten Wagen und mich in Richtung des zweiten. Ich befreite mich aus dem Griff der Wache und warf mich auf Immergrün. Wie von Sinnen schrie ich seinen Namen und sank zu Boden. Vier Wachen kamen und versuchten, mich zu beruhigen. Aber ich war wild und verzweifelt. Ich umklammerte Immergrüns Bein. Meine Tränen sickerten in sein Hosenbein. Es war zu spät. Nichts konnte ihn mehr retten. Ich war zu spät zur Vernunft gekommen. Ich hatte Wilder Ingwer geholfen, ihn zu töten.

Wo war Wilder Ingwer? *Das Herz bleibt rein, wenn die Augen nicht sehen,* hörte ich die Stimme meiner Großmutter sagen. Wie klug von Wilder Ingwer, sich jetzt zu verstecken. Doch ich war sicher, dass sie hier irgendwo war. Zumindest im Geiste sah sie alles, was mit uns passierte. Sie zählte die Minuten, die Immergrün noch atmen würde, und die Stunden, die die Sonne mich noch wärmen konnte. Hatte ich mich von Anfang an geirrt? Hatte es jemals eine Wilder Ingwer gegeben, die einen Platz in meinen letzten Gedanken verdiente?

Die Wachen traten mir aufs Handgelenk, und ein stechender Schmerz durchfuhr meine Hand. Ich ließ Immergrüns Hose los. Ich ließ mein Leben und meine Liebe los.

Dann hörte ich die Stimme. Ihre Stimme. Weit weg, aber trotzdem zu erkennen. Sie war es, ganz sicher. Sie sprach in ein Mikrofon, hoch oben auf dem flachen Dach des Rathauses.

Wie Millionen andere auch drehte ich den Kopf in ihre Richtung. Langsam sah ich sie deutlicher, eine winzige Gestalt auf dem Dach, die wild mit dem Mikrofon winkte. Die untergehende Sonne hinter ihr glich einer riesigen roten Laterne.

Ihre Stimme klang verzerrt. Die Silben kamen gebrochen heraus, wie von einer Windbö durchschnitten. »Lang lebe der Vorsitzende Mao! Ich bin die Maoistin Wilder Ingwer. Stoppt die Hinrichtung! Der Vorsitzende Mao lehrt uns: ›Der wahre Kommunist ist großmütig und selbstlos und lebt dafür, die Sache des Kommunismus zu fördern und sich selbst für das Volk zu opfern!‹ Aber ich habe die Lehren Maos nicht befolgt. Ich bin hier, weil ich nicht erklären kann, was mit mir passiert ist. Ich entschuldige mich zutiefst bei dem Vorsitzenden Mao. Ich schäme mich, den Weg eines Feiglings gewählt zu haben … Wenn ich nicht großmütig und selbstlos sein und nicht dafür leben kann, die Sache des Kommunismus zu fördern, dann kann ich wenigstens auf den Opferaltar steigen …« Die Gestalt ging die Dachkante entlang, als suche sie eine Stelle zum Springen. Einen Moment lang stellte ich mir vor, wie sie fiel. Mein Atem setzte aus.

»Aber ich bin nichts wert. Mein Opfer wäre inakzeptabel

für den Vorsitzenden Mao. In meinem Blut fließt bourgeoise Tinte. Ich bin nicht tauglich für den revolutionären Altar … ich bin Unrat, mehr nicht. Ich werde sterben, und mein Tod wird weniger wiegen als eine Feder. Aber ich werde nicht weinen. Wenigstens werde ich mich wie ein Maoist verhalten, damit ihr wisst, dass ich keine Betrügerin bin. Im Kern bin ich das, was ich immer behauptet habe … Meine Freundin Ahorn ist dumm. Sie ist keine Maoistin. Sie muss umerzogen werden. Sie ist eine Diebin und hat Herzen gestohlen. Aber mit dem Vorfall bei der Gesangskundgebung hatte sie nichts zu tun, genauso wenig wie der Genosse Immergrün … Ich bin hier, um euch die Wahrheit zu sagen. Ich bin Maoistin. Ich tue, was ich tun muss, denn ich folge den Lehren unseres großen Lehrers!«

Sie trat an die Ecke des Gebäudes und schrie: »›Es gibt viele Dinge, die zu einer schweren und einer drückenden Bürde für uns werden können, wenn wir ihnen blind anheim fallen und uns ihrer nicht bewusst sind. Zum Beispiel: Einer hat Fehler gemacht und glaubt nun, er könne sich von diesen Fehlern nicht mehr befreien, ist daher niedergedrückt und mutlos; es kann auch sein, dass einer keine Fehler begangen hat und nun meint, er wäre fehlerfrei, so dass er überheblich wird. Hat einer keinen Erfolg in der Arbeit, kann es sein, dass er pessimistisch wird und den Kopf hängen lässt; hat er Erfolg, kann es wiederum passieren, dass er die Nase hoch trägt. Hat jemand wenig Kampferfahrung, so kann auch sein Verantwortungsgefühl gering sein; einem anderen wieder können seine langen Kampferfahrungen zu Kopf steigen …‹«

»Was redet sie da?«, hörte man es aus der Menschenmenge rufen.

»Sie wird wahnsinnig!«, murmelte Immergrüns Wache verblüfft.

»Sie ist wahnsinnig!«, schrien die Menschen.

»Wilder Ingwer ist wahnsinnig geworden!« Die Massen wurden unruhig.

»Jemand muss etwas tun!«

»Sie wird vom Dach springen!«

»Nein! Wilder Ingwer, tu das nicht!«

Die Menschenmenge strömte zu ihr hin wie eine Meereswoge.

»Seid still!«, rief Wilder Ingwer von hoch oben. »Ich will, dass ihr mir alle gut zuhört. Ich bin Maoistin, tot oder lebendig. Aber ich hatte unreine Gedanken. Ich habe versucht, andere für meinen persönlichen Groll bezahlen zu lassen, aber es ist ins Auge gegangen. Ich habe den Vorsitzenden Mao entehrt, und dafür muss ich mich bestrafen. Aber bitte« – sie ging leicht in die Knie – »behaltet mich als Maoistin in Erinnerung! Als Maoistin! Als Maoistin!«

Sie sprang.

26

Ich sah, wie Immergrün sich von den Wachen losriss und in Richtung von Wilder Ingwer rannte. Die Wachen stürzten hinter ihm her, als wollte er fliehen. »Ruft einen Krankenwagen!«, schrie Immergrün. »Einen Krankenwagen! Schnell!«

»Um Himmels willen, ihr Schädel ist zertrümmert«, hörte man eine alte Stimme sagen. »Sie hat Glück, wenn der Tod sie holt, weil sie sonst nur dahinvegetieren würde.«

Die Menschenmenge klang wie ein Bienenschwarm.

Aus den Lautsprechern kam Knistern.

Ich hatte das Gefühl zu ersticken und rang verzweifelt nach Luft. Bei dem Versuch, mich zu bewegen, versagten meine Beine mir den Dienst. Ich stolperte immer wieder und schlug mit dem Kopf aufs Pflaster.

Auf allen vieren bahnte ich mir einen Weg zu Wilder Ingwer. Sie lag reglos da, mit bläulichem Gesicht. Ihre Augen waren geschlossen und die Lippen fest zusammengepresst. Sie würde nie wieder Mao rezitieren. Aus ihrem Hinterkopf sickerte Blut. Ihr Gesicht war zur Hälfte von ihren Haaren bedeckt, die Uniform sauber und zugeknöpft.

Ihre Hände waren noch warm. Ich nahm sie.

Das Meer in meinem Kopf begann zu wehklagen. Meine Welt verlor ihre Farbe.

Ihr Blut floss langsam und durchtränkte meine Hose.

Aus der Menge tauchte plötzlich Scharfer Pfeffer auf. Sie stürzte sich auf Wilder Ingwer und durchsuchte ihre Taschen. Ein Polizist schob sie beiseite. Er setzte die Suche fort und zog einen blutigen Briefumschlag aus Wilder Ingwers Jacke.

27

Wie ich zurück in die Zelle kam, weiß ich nicht. Ich erwachte auf dem nackten Betonboden. Es war kalt, doch ich schwitzte. Ich hatte hohes Fieber und verlor immer wieder das Bewusstsein. Ich hörte die Stimme meiner Mutter sagen: »Ahorn, Wilder Ingwer steht draußen und ruft nach dir.« Ich hatte keine Gewalt über meinen Körper und konnte weder die Hand heben noch die Zehen bewegen. Mein Kopf produzierte Erinnerungsfetzen. Unfähig, mich zu rühren, begann ich hemmungslos Mao-Zitate aufzusagen. »›Kommunismus bedeutet das gesamte System der Ideologie des Proletariats und zugleich auch ein neues Gesellschaftssystem. Allein die kommunistische Ideologie und Gesellschaftsordnung sind voller Jugendfrische und Lebenskraft, sie gleichen einer allmächtigen Naturgewalt, die mit unwiderstehlicher Kraft über das ganze Erdenrund hinwegfegt …‹«

Das Bild von Wilder Ingwer, wie sie von dem Dach gesprungen war, lief immer wieder vor meinem inneren Auge ab. Ihr Sprung hatte etwas Kindliches, wie der Satz von einem Feigenbaum. Ich konnte ihr Lachen hören. Und Immergrüns Lachen. Ihre Gesichter tauchten immer wieder vor mir auf, wie die Spiegelung des Mondes im Wasser. Sobald ich erwachte, zerfiel die Spiegelung. Und wenn ich einschlief, erschien ein neuer Mond. Ich hörte das Plätschern des Wassers, das über den Steinrand des Teiches leckte. Ich erinnere mich noch an den Moment, als ich mich umdrehte und Immergrün ansah. Beim Klang von *Lang lebe der Vorsitzende Mao!* gefror sein Lächeln. Es verwandelte sich in eine grauenhafte Fratze, wie bei jemandem, dem mitten beim Witzeerzählen der Kopf abgehackt wird.

Als die Wache kam, lag ich erschöpft auf dem Boden. »Steh auf und sag: Lang lebe der Vorsitzende Mao!« Ich rappelte mich hoch, und er schloss meine Handschellen auf. »Verschwinde, du bist frei.« Er räusperte sich und rotzte auf den Boden.

Ich fragte, was passiert sei; er antwortete: »Wie soll ich das wissen?«

Im Gefängnisbüro erhielt ich eine Erklärung.

In ihrem Brief hatte Wilder Ingwer ihre Schuld zugegeben. Sie gestand, dass sie und Scharfer Pfeffer für den Vorfall bei der Gesangskundgebung verantwortlich waren. Scharfer Pfeffer bestritt den Vorwurf allerdings und behauptete, selbst das Opfer von Wilder Ingwer zu sein.

»Und was ist mit Immergrün?« Ich verschluckte mich vor Aufregung. »Er war schon auf dem Weg zur Hinrichtung, als der Brief gelesen wurde!«

»Er lebt. Er hat großes Glück gehabt. Das beweist wieder einmal die Lehre des Vorsitzenden Mao: ›Unsere Partei wird niemals einen guten Genossen schlecht behandeln‹«, sagte der Beamte ausdruckslos. »Der Genosse Immergrün wurde im letzten Moment gerettet. Das ist ein weiterer Sieg für die Revolution.«

Wir lagen in Immergrüns Haus im Bett und weinten. Wir wollten unser neues Leben feiern, doch wir konnten es nicht. Wilder Ingwer ging uns nicht aus dem Kopf. Unsere Körper waren gefangen in dem Schmerz, den ihr Verlust bereitete und der uns gegen jedes Begehren immun machte. Wenn wir uns ansahen, sahen wir nur Wilder Ingwer. Und auch ihre Stimme hörten wir, ihr leidenschaftliches Rezitieren von Mao-Zitaten. Ich hielt Immergrün im Arm. Langsam versanken wir in einen tiefen Schlaf. In meinem Traum war ich wieder im Schrank von Wilder Ingwer. Und wieder spürte ich sie.

Tage, Wochen und Monate vergingen. Immergrün und ich waren unfähig, miteinander zu schlafen.

Meine Mutter erzählte mir, dass sie sich am Tag von Wilder Ingwers Einäscherung freiwillig gemeldet und erboten hatte, ihre Asche fortzuschaffen. Entgegen dem Befehl der Behörden hatte sie die Asche an sich genommen und heimlich einen Tempel in den Bergen aufgesucht. Dort verbrannte sie Weihrauch und betete für den Seelenfrieden der Toten. Sie vermischte die Weihrauchreste mit Wilder Ingwers Asche und brachte sie in ein Kloster, wo sie auf Vorschlag des Oberpriesters unter dem anderen Namen »Gefundenes Land« aufbewahrt wurde. Sie gab mir die Adresse des Klosters.

Immergrün verließ Shanghai, um sich seinen Traum zu erfüllen und Dorflehrer zu werden. Ich blieb zurück. Wir hatten beschlossen, unsere Beziehung zu beenden. Trotz aller Anstrengungen hatten wir es nicht geschafft, wieder zusammenzufinden. Es gab nicht viel zu sagen. Wir konnten weder über Wilder Ingwer sprechen noch aufhören, sie immer wieder zu erwähnen. Als sie starb, hat sie einen großen Teil von uns mit sich genommen. Ich roch jede Nacht den Moder der Erde und jeden Morgen ihren frischen Duft.

Ich ging nicht zum Bahnhof, um von Immergrün Abschied zu nehmen. Er hatte mich nicht darum gebeten. Es war, als müssten wir uns erst gegenseitig vergessen, bevor wir Wilder Ingwer vergessen konnten.

Mir wurde eine Stelle als Verkäuferin im Kaufhaus Nummer dreizehn in Shanghai zugewiesen. Ich verkaufte Bleistifte, Schreibhefte und Schultaschen. Ab und zu, wenn es einen Ausverkauf gab, überlegte ich, etwas für Immergrün zu kaufen und es ihm zu schicken. Doch ich habe es nie getan. Ich kannte seine Adresse nicht, denn er hat mir nie geschrieben. Doch selbst wenn mir seine Adresse bekannt gewesen wäre, hätte ich mich nicht mit ihm in Verbindung gesetzt.

28

Über die Jahre war ich mit anderen Männern zusammen, die alle etwas gemeinsam hatten: sie wussten nichts von meiner Vergangenheit. Doch oft fühlte ich mich leer. Unbewusst sehnte ich mich wohl danach, den Teil von mir wieder auszugraben, den ich am Tag von Wilder Ingwers Tod beerdigt hatte. Keine meiner Beziehungen führte zur Ehe. Ein paar Mal war ich verlobt, doch die Verlobung wurde jedes Mal wieder gelöst. Ich war jetzt neunundzwanzig Jahre alt. Ich fühlte mich wie zweiundneunzig.

1981 starb meine Mutter an Gebärmutterkrebs. Einer ihrer letzten Wünsche war es, dass ich jedes Jahr den Tempel besuche und eine Weihrauchkerze für Wilder Ingwer anzünde. »Das schulden wir Frau Pei«, sagte sie. Mein Vater hat nie etwas gesagt. Als er nach siebzehn Jahren aus dem Arbeitslager entlassen wurde, war ein Mann aus ihm geworden, der nur noch wenig sprach. Er hasste die ehemaligen Maoisten.

Meine Geschwister waren über das ganze Land verstreut. Die meisten heirateten und hatten Kinder. Zwei meiner Brüder arbeiteten bei der Eisenbahn, und einer diente in der Armee als Funktechniker. Auch meine jüngeren Schwestern arbeiteten, eine als Krankenschwester und die andere als Leiterin in einem weit entfernten Arbeiterkollektiv. Jedes Jahr an Silvester kamen wir in Shanghai zusammen. Während die Kinder unter den Tischen Versteck spielten, machten sich meine Geschwister über die Kulturrevolution lustig. Sie erzählten Witze über Mao, seine Anhänger und die ehemaligen Maoisten. Der Tenor war zynisch. Ich habe mich nie daran beteiligt. Für mich war die Kulturrevolution eine durch Wilder Ingwer verkörperte Religion.

Dieses Jahr an Silvester stieß mein Vater mit einem schweren Reiswein mit mir an. Er sagte, Vergessen sei der beste Weg zum Glück.

Nach dem Feuerwerk ging ich zu dem Haus am Ende der Chia-Chia-Gasse. Es war in ein Lagerhaus für Gemüsekonserven umgewandelt worden und nun Teil des Markts. Im ganzen Viertel waren die Mao-Konterfeis, die Wandgemälde sowie die Kalligraphie der Mao-Zitate und Gedichte entfernt und vielfach übertüncht worden. An Wilder Ingwer erinnerte hier nur noch der Feigenbaum. Sein Stamm war dick wie ein Fass, und im Sommer trug er viele Früchte.

Am vierten Tag nach Frühlingsanfang besuchte ich zum ersten Mal den Tempel. Er lag mitten in den Bergen, und der Aufstieg war mühsam. Die Buddhastatue befand sich in einer riesigen Höhle. Dahinter war das Kloster, wo die Asche von Wilder Ingwer in einem winzigen Ascheschubfach ruhte, nahe dem mit einem roten Seidentuch bedeckten Altar; davor brannten Hunderte von Kerzen.

Erst da verstand ich die Absicht meiner Mutter. Auf diese Weise wollte sie mir helfen, mit meinem Verlust und Schmerz fertig zu werden. Sie wusste, dass ich Wilder Ingwer und Immergrün niemals vergessen konnte. Sie wusste, dass ich mich mit ihnen versöhnen musste, um mein Leben weiterleben zu können. Geduldig hatte sie auf meine Erleuchtung gewartet.

Die Wände um den Altar waren mit Zitaten aus buddhistischen Überlieferungen beschrieben. Im Wesentlichen ging es in ihnen darum, durch das Leben zu gehen und sich fließen zu lassen, ohne anzuhalten und ohne sich durch Bitterkeit den Weg verstellen zu lassen. War ich bitter?

Seit dem Tod von Wilder Ingwer waren fast neun Jahre vergangen. Nach Maos Ableben hatte das Land seine Maske heruntergerissen. Als ehemaliger Maoist bekam man jetzt Probleme. Die Kulturrevolution wurde offiziell als Form von Wahnsinn und Zerstörung kritisiert, doch niemand machte zu der Zeit Mao dafür verantwortlich. In den Erzählungen der Nachbarn war der Vorfall bei der Mao-Gesangskundgebung nur noch eine traurige Geschichte. In ihrer Erinnerung war Wilder Ingwer keine Heldin, sondern ein dummes Mädchen.

Die große Neuigkeit stand in der Zeitung: Das nach russischem Vorbild erbaute Rathaus sollte am 1. Oktober, dem Unabhängigkeitstag, abgerissen werden. An seiner Stelle würde ein von japanischen Geldgebern finanziertes Hotel entstehen. Wir schrieben das Jahr 1994, zwanzig Jahre nach Wilder Ingwers Sprung in den Tod.

Ich war merkwürdig konfus an diesem Morgen und sah das Rathaus ständig vor mir. Im Radio der Cafeteria, in der ich jetzt arbeitete, hörte ich beim Frühstück, dass die Sprengung um neun Uhr stattfinden sollte. Ich spürte das Bedürfnis, sie mir anzusehen. Bald wurde das Verlangen so stark, dass ich unerlaubt die Arbeit verließ und mit einem Bus zum Platz des Volkes fuhr.

Aus Angst, meine Reue wäre unerträglich, hatte ich den Platz seit Jahren gemieden. Und das zu Recht. Ich erinnerte mich sofort an alles, als wäre es gestern passiert. Sobald ich aus dem

Bus trat, flossen meine Tränen. Der Anblick des Gebäudes brachte Wilder Ingwer sofort zu mir zurück. Ich sah sie lebhaft auf mich einreden: »Ahorn, hab niemals Mitleid mit mir. Meine Wunden sind für mich Orden!« Doch ich hörte sie auch lachen. Der Klang von Silberperlen, die auf einen Jadeteller tropfen. Jetzt konnte ich mir eingestehen, dass ich sie all die Jahre vermisst hatte. Es gab nicht einen Menschen, der mich verstand und dieses Gefühl mit mir teilte.

Plötzlich sehnte ich mich furchtbar nach Immergrün.

Ich fühlte mich schwach. Meine Gedanken kreisten immer wieder um ihn. War er Dorfschullehrer geworden? Hatte er Wilder Ingwer jemals vermisst? Oder mich? War er verheiratet? Mit einem Mädchen aus dem Dorf? Einer Schülerin? Oder mit einer Dorfschullehrerin, die auch an seiner Schule unterrichtete?

Ein Arbeiter auf dem Platz erklärte mir, dass die Sprengung in fünf Minuten stattfinden würde. »Es ist ein altes, hässliches Gebäude, es hat keine Bedeutung mehr. Von der Sorte haben wir in Peking schon viele abgerissen. Es ist interessant, dass kaum Leute gekommen sind, um sich das Ereignis anzusehen. Bei den Sprengungen in Peking sind viele …«

Plötzlich sah ich etwas, das ich für eine Sinnestäuschung hielt. Ein Mann, der wie Immergrün aussah, trat in mein Blickfeld. Ich blinzelte und schüttelte den Kopf. Das Trugbild war noch da, bewegte sich noch immer. Mit beiden Händen hielt ich mir den Mund zu und wagte nicht zu atmen. Wenn ich atmete, würde das Trugbild bestimmt zerstört, so wie ein Wassertropfen das Spiegelbild des Mondes im Teich zerstörte.

Ich stand da, mit weit aufgerissenen Augen und unfähig, mich zu bewegen.

Es ist keine Sinnestäuschung, sagte mein Verstand. Es ist Immergrün.

Der Arbeiter rief dem Mann zu. »He, Sie da! Gehen Sie da weg, es ist zu gefährlich! Verschwinden Sie! Hören Sie mich? Weg da! Kommen Sie hierher! Schnell!«

Der Mann drehte sich zu uns um, ein entschuldigendes Lächeln im Gesicht. Und dann erkannte er mich. Sein Lächeln gefror, und er blieb wie angewurzelt stehen.

Der Arbeiter ging zu ihm und zog ihn weg.

29

Der Anblick seines Gesichts zeigte mir, wie sehr auch ich inzwischen gealtert war. Er sah aus wie ein richtiger Bauer, mit tiefen Falten und wettergegerbter Haut. Sein verwaschener grüner Armeemantel und die ausgetretenen Stiefel waren voller Staub. Und doch wirkte er kräftig.

Einen Moment lang standen wir verlegen da. Unsere Zungen waren wie gelähmt.

Aus dem Lautsprecher tönten die letzten Sicherheitswarnungen. Und dann war es so weit.

Immergrün und ich blickten zum Rathaus. Ich war sicher, dass wir das Gleiche sahen:

Wilder Ingwer, die wie ein Seidentuch von dem Gebäude schwebt, ihr zeitlupenhafter Sturz in den Tod.

Meine Gedanken sprangen in die Vergangenheit. Ich sah ihr sechzehn Jahre altes Gesicht.

»Weißt du was, Ahorn? Ich bin ein brennendes Feuer, die Flamme selbst. Niemand kann meine Leidenschaft für den Vorsitzenden Mao auslöschen. Ich fühle mich so glücklich und zufrieden. Der Vorsitzende Mao hat mich vor dem Verglühen bewahrt und meine Lebensgeister zu einer lodernden Flamme entfacht!«

Als ich Immergrüns Hand spürte, liefen mir Tränen übers Gesicht. Er war gekommen, um mich zu halten. Sein Atem streifte meinen Hals.

Ich sah ihn an. In seinem Blick lag kein Zögern. Er war

entschlossen, das zu tun, was er sich vorgenommen hatte. Seine Augen baten mich um Erlaubnis. Ich wollte ihm sagen, dass ich die ganze Zeit auf ihn gewartet hatte. Ich wollte ihm sagen, dass ich bereit war, versuchte mit aller Kraft, die Worte auszusprechen.

Er versiegelte meinen Mund mit seinen Lippen.

Ich schloss die Augen.

Der ohrenbetäubende Knall ertönte.

Ich schmeckte ihn auf meiner Zunge.